# 纪弦

## 诗选集

纪弦 著

江苏凤凰文艺出版社

图书在版编目（CIP）数据

纪弦诗选集 / 纪弦著. — 南京：江苏凤凰文艺出版社，2018.10
 ISBN 978-7-5594-2547-8

Ⅰ. ①纪… Ⅱ. ①纪… Ⅲ. ①诗集－中国－当代 Ⅳ. ①I227

中国版本图书馆 CIP 数据核字(2018)第 156191 号

| 书　　名 | 纪弦诗选集 |
| --- | --- |
| 著　　者 | 纪　弦 |
| 编　　选 | 路学恂　马铃薯兄弟 |
| 责任编辑 | 于奎潮　张　黎 |
| 出版发行 | 江苏凤凰文艺出版社 |
| 出版社地址 | 南京市中央路 165 号，邮编：210009 |
| 出版社网址 | http://www.jswenyi.com |
| 印　　刷 | 江苏凤凰新华印务有限公司 |
| 开　　本 | 880×1230 毫米 1/32 |
| 印　　张 | 13.25 |
| 字　　数 | 210 千字 |
| 版　　次 | 2018 年 10 月第 1 版　2018 年 10 月第 1 次印刷 |
| 标准书号 | ISBN 978-7-5594-2547-8 |
| 定　　价 | 58.00 元 |

（江苏凤凰文艺版图书凡印刷、装订错误可随时向承印厂调换）

# 目 录

001 ...... **答痖弦十二问**（代序）

001 ...... 画幅上

002 ...... 八行小唱

003 ...... 火

004 ...... 理想

005 ...... 初夏

006 ...... 四行小唱

007 ...... 蓝色之衣

008 ...... 蜂

009 ...... 养疴

010 ...... 如果你问我

011 ...... 脱袜吟

012 ...... 竞走的低能儿

013 ...... 今天

014 ...... 爱云的奇人

015 ...... 致或人

017 ...... 舷边吟

018 ...... 傍晚的家

019 ...... 烦歌

020 ...... 火灾的城

021 ...... 等待
022 ...... 小小的波涛
023 ...... 狂人之歌
024 ...... 苍蝇
025 ...... 致情敌
026 ...... 赠诗人徐迟
027 ...... 江南
028 ...... 时间之歌 No.1
029 ...... 时间之歌 No.2
030 ...... 雾
031 ...... 独行者
032 ...... 寒夜
033 ...... 在地球上散步
034 ...... 恋人之目
035 ...... 黑色赞美
037 ...... 火灾的城
038 ...... 奇迹
039 ...... 我之塔形计划
040 ...... 云
041 ...... 触礁船
042 ...... 冬之妻
043 ...... 春天·紫罗兰色
044 ...... 灯
045 ...... 我的爱情除以三
046 ...... 讨你一点欢心

048 ...... 吠月的犬
049 ...... 摘星的少年
050 ...... 足部运动
052 ...... 无人岛
053 ...... 散步的鱼
054 ...... 吻
055 ...... 7 与 6
056 ...... 说我的坏话
058 ...... 夏天
059 ...... 五月为诸亡友而作
060 ...... 窗的构图
061 ...... 某地
062 ...... 夜行
063 ...... 月夜
064 ...... 三十代
065 ...... 远方有七个海笑着
066 ...... 真理
067 ...... 大地
068 ...... 昔日之歌
069 ...... 火与婴孩
070 ...... 笔触
071 ...... 面具
073 ...... 天后宫桥
075 ...... 雪降着雪融着
078 ...... 饮者

079 ...... 诗的灭亡
081 ...... 饮者不朽
082 ...... 鸟之变奏
083 ...... 致 PROXIMA
084 ...... 三岁
085 ...... 记一个酒保
086 ...... 微醺
087 ...... 酒店万岁
088 ...... 偶感
089 ...... 致诗人
091 ...... 贫民窟的颂歌
093 ...... 穷人的女儿
094 ...... 赠仁予
095 ...... 萤的启示
096 ...... 命运交响乐
102 ...... 雕刻家
103 ...... 四行诗
104 ...... 构图
105 ...... 午夜的壁画
107 ...... 眺望
108 ...... 美酒颂
110 ...... 槟榔树：我的同类
112 ...... 白色的小马
114 ...... 五月
115 ...... 现实

116 ...... 哀槟榔树

118 ...... 蝇尸

119 ...... 画幅

120 ...... 你的名字

121 ...... 十一月的怀乡病

122 ...... 诗的复活

123 ...... 致天狼星

124 ...... 吃板烟的精神分析学

125 ...... 发光体

126 ...... 台北之夜

127 ...... 标本复活

128 ...... 一片槐树叶

129 ...... 光明的追求者

130 ...... 世故

131 ...... 火葬

132 ...... 三代

133 ...... 树中之树

134 ...... 色彩之歌

135 ...... 画者的梦

136 ...... 榕树

137 ...... 十一月的新抒情主义

139 ...... 绿三章

141 ...... 我爱树

142 ...... 诗人之分类

143 ...... 阿富罗底之死

144 ...... 萧萧之歌
146 ...... 一歌女
147 ...... 未济之一
148 ...... 主题之春
150 ...... 杜鹃
151 ...... 吃烟者
152 ...... 猫
153 ...... 银桂
155 ...... 与我同高
156 ...... 苍蝇与茉莉
157 ...... 春寒
158 ...... 新秋之歌
159 ...... 诗人与饮者
160 ...... 一封信
161 ...... 梦终南山
162 ...... 休止符号
164 ...... 番石榴树下的祈祷
166 ...... 等级
168 ...... 狼之独步
169 ...... 春日
170 ...... 人间
171 ...... 过程
173 ...... M之回味
174 ...... 稀金属
175 ...... 倘若我是

176 ...... 祝福者
179 ...... 火焰之歌
180 ...... 演奏者
182 ...... 三月
184 ...... 看风景的
186 ...... 海豹
187 ...... 伤蝶
188 ...... 法海寺
189 ...... 五亭桥
190 ...... 墙上的小公主
192 ...... 云和月
193 ...... 致春山
194 ...... 诗神与美酒
196 ...... 连题目都没有
197 ...... 酩酊论
198 ...... 酒人之祷
199 ...... 春天的脚步声
201 ...... 向日葵
202 ...... 总有一天
204 ...... 我的梦
205 ...... 一朵石竹
206 ...... 四月之月
207 ...... 致中国立葵
208 ...... 黄金的四行诗
210 ...... 又见观音

212 ...... 年初四的祝福
213 ...... 卖豆腐的女人
214 ...... 十一月小夜曲
215 ...... 新春之歌
217 ...... 早樱
218 ...... 师恩
220 ...... 重阳雨
222 ...... 再出发之歌
223 ...... 梧桐树
224 ...... 关于猫的相对论
226 ...... 怀乡病
227 ...... 读旧日友人书
228 ...... 归来吟
229 ...... 月光下玫瑰前
231 ...... 茫茫之歌
233 ...... 上帝创造春天
234 ...... 致上帝
236 ...... 铜像篇
237 ...... 七十自寿
239 ...... 相对论
240 ...... 小城初履
242 ...... 观照
243 ...... 在太平洋遥远的那一边
245 ...... 半岛之歌
247 ...... 号角

248 ...... 战马

249 ...... 春天的俳句

250 ...... 给后裔

252 ...... 心灵之舞

253 ...... 读寒山诗

254 ...... 梦观音山

255 ...... 致终南山

257 ...... 赠内诗

259 ...... 山水篇

260 ...... 为小婉祝福

262 ...... 八十自寿

264 ...... 我之投影

265 ...... 如果我的诗

266 ...... 人类的二分法

267 ...... 年老的大象

268 ...... 输家

269 ...... 直线与双曲线

271 ...... 动词的相对论

272 ...... 关于笑

274 ...... 蜗牛篇

276 ...... "酒鬼"颂

278 ...... 哭老友徐迟

280 ...... 上帝说的

281 ...... 废读之检阅式

283 ...... 没有酒的日子

285 ...... 关于飞
287 ...... 橘子与蜗牛
288 ...... 滴血者
289 ...... 无人地带
290 ...... 寄诗人辛郁
292 ...... 诗人们的籍贯
295 ...... 一九九九年春在加州
297 ...... 歌星汤玛斯
299 ...... 懂或不懂
301 ...... 群岛
304 ...... 三条腿的生物
305 ...... 月光曲
307 ...... 在异邦
308 ...... 田园交响乐
309 ...... 半岛之春
310 ...... 记一个广场
311 ...... 如果有客来自扬州
313 ...... 坐在抽水马桶上想诗
315 ...... 吻及其他
316 ...... 与陈子昂同声一哭
318 ...... 玩芭比的小女孩
319 ...... 旧照片
321 ...... 旧金山湾
323 ...... 米寿自寿
324 ...... 上帝造了撒旦

325 ...... 尤勃连纳

327 ...... 梦终南山

328 ...... 手指与足趾

329 ...... 三月七号

330 ...... 有缘无缘

332 ...... 帽子的戴法

333 ...... 重返色彩的世界

335 ...... 画室里的故事

336 ...... 在画板上戡乱

338 ...... 黄山之松

340 ...... 我与玫瑰

342 ...... 桥之组曲

344 ...... 扬州、上海和台湾

346 ...... 我与地球

348 ...... 没有酒的日子

350 ...... 九十自寿

352 ...... I AM NINETY YOUNG

353 ...... 给加州蓝鸟

354 ...... 活着便是宣言

356 ...... 长颈鹿及其他

358 ...... 古人选美

359 ...... 又见黑猫系列之一

361 ...... 问答篇

362 ...... 从前和现在

363 ...... 夏威夷咏叹调

365 ...... 主啊生小猫吧
367 ...... 年老的大象
368 ...... 从小提琴到大提琴
370 ...... 关于飞
372 ...... 假牙及其他
374 ...... 记一位诗人
375 ...... 红茶赞美
376 ...... 老伴颂
377 ...... 时间的相对论
379 ...... 向上帝提出抗议
380 ...... 又见潘佳
382 ...... 寄诗人胡品清
383 ...... 致诗人吴奔星
386 ...... 木星上的女人
387 ...... 而今而后
388 ...... 致天狼星
390 ...... 关于推敲
392 ...... 狼之长嗥
393 ...... 我的诗
394 ...... 雨夜狂想曲
397 ...... 关于位置
398 ...... 很想做一只猫

399 ...... **纪弦生平与创作年表**

# 答瘂弦十二问（代序）[1]

**问**：先生有没有算过，七十年来您一共写了多少首诗？出了几部诗集？

**答**：我自1929年开始写诗，迄今已写了一千多首。从前在大陆上已出过几部诗集，来台后，把它们整理一番，由"现代诗社"出了《摘星的少年》和《饮者诗钞》厚厚的两大部；这便是我的编年自选诗之开始，自1929至1948。接下去，来台后的作品，自1949至1973，每五年一书，一共出了"槟榔树"甲、乙、丙、丁、戊五集。以上皆由"现代诗社"出版。1976年底，离台赴美。自1974至1984共十一年的作品，编成一部《晚景》，交由"尔雅"出版，这便是我的自选诗卷之八。卷之九《半岛之歌》，收入1985至1992共八年的作品，由梅新主持的后期"现代诗社"出版。接下去，1993至1995共三年的自选诗，由"九歌"出版了一部《第十诗集》。而自1996至2000，二十世纪最后五年的新作，则已交由"书林"出了一部《宇宙诗钞》。到此为止，我的编年自选诗一共出版了十一部。至于诗选之类，在大陆和台湾，已出《纪弦诗选》《纪弦精品》《纪弦自选集》《纪弦诗拔萃》等五六部，那就不必计算在内了。

**问**：能否简单地说说您的人生观？

**答**：所谓人生观，就是对于人生的看法。有人乐观，有人悲观，而我则系"达观"，一种旷达的人生观，一切顺乎自

---

[1] 原为纪弦诗集《年方九十》附录文字，略有删节。

然,听其自然,而且看得很淡;富贵于我如浮云。衣取蔽体,食取果腹,一向不讲求物质生活的享受。但我并非重灵轻肉,亦非重肉轻灵,而系灵肉一致。这一点,也可以说是我的"诗精神"之所在。

**问:能否简单地说说您的文学观、诗观?**

答:对于文学与诗的看法,在我的多篇诗论、文学论、艺术论中早就谈得清清楚楚的了。而总之,我所坚持的一点,便是一个"纯"字:纯诗纯文学。那些杂文、政论之类不算。至于诗,诗乃"文学之花",诗乃人生之批评,诗乃经验之完成。"诗"是少数人的文学,"歌"是大众化的,诗是诗,歌是歌,"诗""歌"不分是不可以的,所以我们不说"诗歌"。而关于"抒情"与"主知",我本来就主张"情绪之放逐"的,后又修正为"主知与抒情并重"了,这一点,圈子里的朋友们都知道。

**问:你是怎样开始写诗的?说一点你在回忆录上不曾说过的如何?**

答:我在回忆录上说过的是:写诗是和初恋同时开始了的。而不曾说过的,有两点:首先,当我还是一个十六岁的少年时,就已经读过不少徐志摩、闻一多、朱湘等"新月派"诗人的作品,不能说没有受到他们的影响,因此,我的那些"少作",皆为押韵的格律诗。其次,我的那些同学,多半左倾,我也就免不了跟着他们一同"前进"了。所以我的那些"少作",除了一些情诗,差不多都带有很明显的"意识形态"之表现。当然,这两点形式与内容方面之偏差,日后我都已经纠正了过来。大丈夫事无不可对人言。你既然问了我,我怎能隐瞒呢?你是我的好友,你是我的知己。

**问:能不能举出十首你平生最满意的诗(你写的)?**

答:《八行小唱》(1933)、《恋人之目》(1937)、《摘星的少年》(1942)、《致诗人》(1948)、《雕刻家》(1950)、《火葬》

(1955)、《狼之独步》(1964)、《鸟之变奏》(1983)、《动词的相对论》(1994)、《上帝造了撒旦》(2001)。其实何止十首。但你只要我举出十首来,我就只好听你的了。

**问**:对台湾诗坛的未来,您有何期许?简单说说就可以了。

**答**:希望现有的各诗刊继续出下去,大家互相尊重,不要抱持门户之见。我不是早就提出了"大植物园主义"吗?我要的是万紫千红共存共荣,而一个"清一色"的诗坛有什么意思呢?

**问**:对于台湾年轻一代诗人,你有何期许?简单说说就好。

**答**:现代主义者认为,从逻辑到秩序,此乃诗的进化,这不错。但是诗要写得"自然"一点才好,故意切断联想,抛弃主题,那就要不得了。而且人是有个性的:气质决定风格,题材决定手法,走自己的路,唱自己的歌,这是比一切重要的。

**问**:在你的创作生活中,对你影响最大的作家是谁?

**答**:当然是杜衡啦。二十世纪三十年代,我在上海的交游是有所选择的:我经常往来的就是"文坛三剑客"(施蛰存、戴望舒和杜衡)以及其他"第三种人"(叶灵凤、穆时英等)。杜衡另一笔名苏汶,在当年十分响亮。我一生坚持文艺作家创作自由,任何政治或宗教的权力不得加以干预,这证明了我受杜衡影响最大。

**问**:在你的创作生活中,对你影响最大的一部书(或多部书)是什么?

**答**:戴望舒的《望舒草》。较之李金发,戴望舒给我的影响更具决定性。我于一口气读完了《望舒草》之后,从1934年春开始,我的诗风为之一变:我已不再写格律诗,而专写自由诗了。写自由诗和拥护文艺自由,这便是我的"二大坚持"，我把它们带到台湾来了。你称我为台湾现代诗的点火人，我当之无愧。

**问：你对诗的未来持何看法？**

答：虽说诗是少数人的文学，然而诗是不会死的。随着时代的进步，科技的发达，诗的题材也愈益丰富了。到了二十一世纪，人类即将进入"太空时代"，日后必将产生许多"新"诗，这是可断言的。我写了不少的宇宙诗，这证明了科学乃文艺之友，而非其敌人，雪莱和皮可克他们不懂的。

**问：你写诗的速度快不快？有什么特别的创作习惯、心得？**

答：我写诗的速度不快。多想少写，这便是我的创作习惯。往往一篇草稿放在一边，想了好多天，还是不能修改完成。白天也想，夜间也想，偶然梦中得句，起而笔之，也是常有的事。但那只是"部分"，而非"全体"。说到心得，倒是与众不同的。例如《月光曲》，本来很长，修改了好多次，好多年，还是不能满意。最后，只保存原先的两句，"升起于键盘上的月亮，做了暗室里的灯，"来他一个"不完成"的存在，这不也是一种"完成"吗？此外，还有一首《杜鹃》和一首《玩芭比的小女孩》，也是同样的情形。

**问：说说你一直可以保持旺盛的生命力和诗的创作力的奥秘好吗？**

答：我一直保持旺盛的生命力和诗的创作力，其实并没有什么奥秘。不过，我这个人，就是为诗而活着，并将为诗而死去，这一点，我是很自觉的，这也许可以说是一种"宗教的情操"吧。

## 画幅上

画幅上,单纯的色彩,
捧出一颗善良而真实的心;
粗深的线,
乃奔放之热情;
黯淡的光啊,
象征着命运。

1929 年

## 八行小唱

从前我真傻，
没得玩耍，
在暗夜里，
期待着火把。

如今我明白，
不再期待，
说一声干，
划几根火柴。

1933 年

# 火

开谢了蒲公英的花,
燃起了心头上的火。

火跑了。
追上去!

火是永远追不到的,
他只照着你。

或有一朝抓住了火,
他便烧死你。

1934 年

## 理想

啊哟,爱者,我想,
世间再没有比你与我
更其不可思议的了——
你要我和你耕瘦瘠的田;
我却有未开采的金银矿。
你的理想是条美丽的小蛇;
而我的理想好比凛然的龙。
唉,你的小蛇呀,
怎么常咬痛我的龙的尾巴?

1934 年

## 初夏

布谷鸟已经开始在唱
她的时新的小调了:
我不知道我需要些什么。

我从静谧的书斋里
踱到院中紫藤的浓荫下,
然后又痴痴地看看浅蓝的天:
我不知道我需要些什么。

1934 年

## 四行小唱

愿风吹我到天边,
你们的世界我无缘,
让花开在你们的篱笆下,
我还得找着自己的家。

1934 年

## 蓝色之衣

（引起如烟的忧思的，
小巷里淡淡的斜阳；
淡淡的斜阳是伤情的，
如妻的苍白的颜。）

归来呀，待你良久了，
想看你蓝色之衣。

你也许悲哀于我之苍老，
我将说那是江风吹的。
我便告诉你几个江上的故事，
而你是默默地倾听着。
然后我们各自流泪了，
而这眼泪又是多么甜蜜的。

归来呀，待你良久了，
想看你蓝色之衣。

1934 年

## 蜂

一只小小的蜂被关在我的养疴的厅里了,
我看见它艰难地在窗玻璃上爬行着,
而它的浴着下午金色阳光的腹部,
是变成极好看的半透明的茜红色的了。

1934 年

## 养疴

我把窗儿闭了,
当有微风吹过的时候。
病后无力的人,
如池沼之水容易吹皱:
一阵风来,
吹皱了薄薄的秋衣;
再一阵风,
吹皱了平静的心绪。
于是我默默地躺下了,
让阳光抚爱着我。
十月高空有鹰的悲鸣,
我亦低唱着哀歌。

1934 年

## 如果你问我

如果你问我:"世间什么最宝贵?"
"不是天才,不是智慧,
最宝贵的是你的爱。"

如果你问我:"如何方使你满足?"
"最好是有你爱我,
纵然我是天才中之天才。"

如果你再问:"假如一旦我死了?"
"那我便毁灭了自己的生命,
而我们将在幽冥中相爱。"

1934 年

## 脱袜吟

何其臭的袜子,
何其臭的脚,
这是流浪人的袜子,
流浪人的脚。

没有家,
也没有亲人。
家呀,亲人呀,
何其生疏的东西呀!

1934 年

## 竞走的低能儿

在我面前,
他是傲慢的。
他甚至不屑讥我为竞走的低能儿。
他阔步而行,
唱着我不唱的流行歌,
如一阵风掠过我肩膀,
他远了。
然而我亦不屑去追他:
我仅是一个散步者而已;
而况,我有我的歌。

1935 年

## 今天

今天,我沉默着。
我的梦是很辽远。
一旦我的心的火山爆发了,
必给这丑恶的世界
以一毁灭之狂欢!

我怕我的梦一去不复返。
我怕我的心的火山
爆发在虚无的国土里。
就在虚无里爆发吧:
我沉默得够了!

1935 年

## 爱云的奇人

爱云的奇人是不多的:
古时候曾有过一个,
但如今该数到我了。
我爱那些飘过的云。
奇人总是多幻想的——
我幻想我是一朵雪白的,
高高的,奥妙的云。
我倘能自在地散步于
一片青色的沙漠上,
则我将悠悠地唱一支歌。
那不是你们爱听的。
而我的歌是唱给
一片青色的沙漠听的。

1935 年

## 致或人

膨胀着,膨胀着,
而且爆炸着,爆炸着,
一个不可思议的螺旋体!
不可思议的螺旋体!

凭了你的直觉,
你的本能,
哦,或人,
攫住它,
而且给我以答案吧;
要正确地,
在你的演草的拍纸簿上,
写下:
生命之 $X^n$ 及其他具神秘性的数字。

于是,我们说再会。
不要哭泣,也不要留恋。

到没有魔术,
也没有上帝的时候,
当一切天体变成了扁平的,
一切标本鱼游泳起来,

哦，或人，
我们将有一个欣喜的重逢，
在表状行星之最危险的边陲。

彼时，哦，或人，
你是否还记得曼陀铃的弹法，
我不知道；
也许我的嗓子已经哑了，
再不能唱一支三拍子的歌。

而我们是紧密地结合为一体了，
然后，以马的速度，我们跑，
划着未来派的 16 条腿，
投影于一坚而冷的无垠的冰原上。

1936 年

## 舷边吟

说着永远的故事的浪的皓齿。
青青的海的无邪的梦。
遥远的地平线上,
寂寞得没有一个岛屿之飘浮。

凝看着海的人的眼睛是茫茫的,
因为离开故国是太久了。
迎着薄暮里的咸味的风,
我有了如烟的怀念,神往地。

1936 年

## 傍晚的家

傍晚的家有了乌云的颜色。
风来小小的院子里。
数完了天上的归鸦,
孩子们的眼睛遂寂寞了。

晚饭时妻的琐碎的话——
几年前的旧事已如烟了。
而在青菜汤的淡味里,
我觉出了一些生之凄凉。

1936 年

## 烦歌

嗟彼七色之太阳,
何其渺小!

纵有九行星不息地绕彼运行,
纵有人类之全历史供彼夸耀,
彼亦只不过是
一个极其寻常的配角而已。

地球:一个配角之配角;
而我:一群无知的原子之偶然的组合。

但我之烦哀的歌声
将使银河黯淡,
而时间与空间之大悲剧
亦将因我之发狂而终了。

1936 年

## 火灾的城

从你的灵魂的窗子望进去,
在那最深邃最黑暗的地方,
我看见了无消防队的火灾的城
和赤裸着的疯人们的潮。

我听见了从那无限的澎湃里响彻着的
我的名字,爱者的名字,仇敌们的名字,
和无数生者与死者的名字。

而当我轻轻地应答着
说"唉,我在此"时,
我也成为一个可怕的火灾的城了。

1936 年

## 等待

虽然是降雪的季节了,
而壁炉却仅只做了诗的火葬场。
在火葬场的穹窿里,
你可以听见我之凄凉的小喇叭了。

哎,冬天是已经来了,
那铺在你心上的怀归草,
还依旧是青青的么?
但我却天天等待着,
壁炉也天天等待着——
你,这屋里的女主人啊!

1936 年

## 小小的波涛

小小的波涛的乳房呀,
起伏又起伏。

微笑的白金的齿。
墨绿的蜷曲的发。

少年人远别了家园,
说是一个海的恋者。

小小的波涛的峰峦呀,
起伏又起伏。

1936 年

## 狂人之歌

在我的生命的原野上,
大队的狂人们,
笑着,吠着,咒骂着,
而且来了。

他们击碎了我灵魂的窗子,
然后又纵起火来了。
于是笑着,吠着,咒骂着,
我也成为狂人之一了。

1936 年

## 苍蝇

苍蝇们从开着的窗子飞进来,
我的眼睛遂成为一个不愉快的巡逻者。
"讨厌的黑色的小魔鬼!
一切丑恶中之丑恶!"
我明知道我这严重的咒诅是徒然的。
而当我怨恨着创造了它们的上帝时,
它们却齐声地唱起赞美诗来了。

1936 年

## 致情敌

凭了你的出众的膂力与机智,
你很可以攫去她,自我的两臂间。

但你永远不能攻破我们爱情的城池,
因为它是那么坚固,那么永久,
十万个耶路撒冷比它不上。

你亦无法在她心的天堂里作片刻之逗留!

她将紧蹙着双眉如一阴寒的天气,
使你永无看见太阳与蓝天之时,
纵然你使用着谄媚,屈膝如一奴婢。

而在她的眼中,我乃一高大的天神,
即日月与群星亦因我而失其光辉呢。

1936 年

## 赠诗人徐迟

悟彻了一切有毒植物之
必有其魅人的艳，
你到彼女之谜做的
唇的夜花园中
去散一回步吧：
在那里，你将有
款冉之姿，如一轮
"嵌着三颗星的月亮"。

1936 年

# 江南

江南的水城多窈窕之姿,
一街吴女如细腰蜂,
营营然踏着暮色归去,
馥郁的影子飘过银窗。

1936 年

## 时间之歌 No.1

沉落下去,沉落下去,
那些是卸了七色之华衫的
全裸着的时间之乐队女。
弹唱着奇迹的太阳系
与整丽的银河轮;
弹唱着此一宇宙之毁坏
与另一宇宙之成长,
弹着,唱着,弹着,唱着,
那些是永不疲倦的
时间之乐队女。
她们微微地笑着,
而且向我挥挥手,
于是沉落下去,沉落下去……

1936 年

## 时间之歌 No.2

躺下来,
让时间的骑兵队
从我的孱弱的
胸部的原野上
驰过去,
我缄默着,
而且把我的
每一个幼小的梦
交给他们带走,
因为那些是
既无敌军
复无友军的
不可思议的骑兵队。

1936 年

## 雾

那些雾,飘过去,
从恋人的美目,我的眼。

飘过山,飘过海,
将一切野兽,一切水族
染成黑色。

然后又重新飘了过来,
而且把恋人的美目,我的眼
染成极黑的黑色。

那些是以风的步伐漫游的雾,
何其神秘不可思议的雾。

1937 年

## 独行者

忍受着一切风的吹袭
和一切雨的淋打,
赤着双足,
艰辛地迈步,
在一条以无数针尖密密排成的
到圣地去的道途上,
我是一个
虔敬的独行者。

1937 年

## 寒夜

今晚,我听见了原野上
飘来的幻异的犬吠
和救火车急促的警钟声。
(你怕不怕风暴和夜暗?)
在这欲坠的危楼上,
我时常是独坐沉思着的,
像一个古代的哲者。
我已习惯了这索居的生涯。
如果有一个声音低低地问我:
"你需要一杯热些的茶吗?"
我将回答说我不要。
而你已忘了我心上的寒冷。

1937 年

## 在地球上散步

在地球上散步,
独自踽踽地,
我扬起了我的黑手杖,
并把它沉重地点在
坚而冷了的地壳上,
让那边栖息着的人们
可以听见一声微响,
因而感知了我的存在。

1937 年

## 恋人之目

恋人之目:
黑而且美。

十一月,
狮子座的流星雨。

1937 年

## 黑色赞美

黑色!
黑色!
黑色!

如果我们的心脏都变成了黑色;
如果我们的血液都变成了黑色。

我们需要一个黑色的太阳,
一个黑色的月亮,
和许多黑色的星星。
至于我们的天空,
也应该是至圣至洁的黑色的。

我们不要昼夜,
不要四季,
因为我们反对运动,
赞美静止。

我们的黑色心脏无搏动;
我们的黑色血液无循环。
我们不朽!
我们的死去的日月和群星,

都是一致的黑色的；
它们静止着，
被嵌在至圣至洁的黑色的天空，
永不沉没。

是的，黑色是不朽的！

1937 年

## 火灾的城

从你的灵魂的窗子望进去,
在那最深邃最黑暗的地方,
我看见了无消防队的火灾的城
和赤裸着的疯人们的潮。

我听见了从那无限的澎湃里响彻着的
我的名字,爱者的名字,仇敌们的名字,
和无数生者与死者的名字。

而当我轻轻地应答着
说"唉,我在此"时,
我也成为一个可怕的火灾的城了。

1937 年

## 奇迹

在我的禁止通过的
要塞之下,
一个可怜的爱情
被执行了枪决;
然后,我把它的尸体洗净,
而且薰了香,
深深地,埋葬在
我的记忆的公墓里。

1937 年

## 我之塔形计划

我必须以我之构成诸原子,
我之微小生命,
以及我之巨型心灵,
完成我之塔形计划;
然后立于一圆锥体之顶,
抽着强有力的板烟,思想着,
而且用真实的声音,宁静的声音,
和梦幻的声音,
向一切同时代人和来者,
青的恋人和猫,
和神秘的望远镜,
宣布我之塔形计划。

1938 年

# 云

那些絮状的云,纤维状的云,

昼,夜,四季,
自在地散着步,
复化雨,化雪,
作对于辛劳的大地的亲切的拜访。

吸烟的男子的口中的喷出物:
那些幻异的羊群,青空的浮岛。

1939 年

## 触礁船

在你的灵魂里飘海,
我是一艘倒楣的触礁船。
你残酷地熄灭了所有的灯塔,
月亮和众星的光辉,
使我迷失在雾的夜暗里。

在你的灵魂里飘海,
为的是:我的爱情无限,
而你有秘藏的珊瑚岛。
但我已丢失了罗盘针,
复少一聪明的舵手。

1939 年

## 冬之妻

莫老是猫一样地
在我的臂弯里觅取温暖。

亲爱的,去欣赏一下
绘在玻璃窗上的自然的杰作吧——
那些小小的结晶体;
你会觉得这种图案比之一张波斯地毯还美,
而且叹服于他的不可企及的意匠。

莫老是猫一样地
在我的臂弯里
觅取温暖,亲爱的。

1940 年

## 春天·紫罗兰色

春天了。
紫罗兰色流行的季节。

馥郁的步道上：
女孩子们发际的蝴蝶结，
新感觉的高跟鞋。

紫罗兰色，
我所喜爱的啊。
踏遍了大都市的每一白货商店，
为了一条称心的领带，
和一条如意的围巾。

而在晴好的夕暮，
独坐于静谧的窗前，
我凝看着紫罗兰色的天空，
让泪流下。

1940 年

## 灯

小小的窗，嵌着山的风景绘。山是肃穆的。山顶上有六盏灯。有时是五盏。有时是七盏。但我喜欢说六盏：五是平凡的数字，七是太忧郁了的数字，六才是恋和幸福的象征。

远方的恋人哪，在你的窗外，也有山吗？也有山顶上的六盏灯吗？每夜每夜，她们亮着，优美地亮着。她们使我宁静。她们是星色的，像装点了你的右手的六粒钻石。她们划出了山和天空的界限：天空是紫色的，山是更深的紫色。

在雾的夜，她们变成了微黯的光晕，像从望远镜里找到了的宇宙深处的大星云。

恋人啊，在多雾的岛上，我思念着你哪。夜夜我从梦中醒来，推开窗，凝看着山顶上的六盏灯，直到天明。雾浓起来了：你的啜泣的眼；雾消散了：你的微笑的眸子。

1940 年

## 我的爱情除以三

我的爱情除以三：
你，工作和烟草。

为你而工作，我说。
于是你骄傲了。
但你却没收了我的烟斗，
使我没精打采，凶霸得
如一善妒的泼妇。

善妒的泼妇是没福的，
因为她不懂
三位一体的哲学。

1941 年

## 讨你一点欢心

你说:"亲爱的,我要你天上的那些好玩的星星。"我点点头,便伸手一颗颗摘它们下来,挑几颗最亮的,叫手工好的首饰铺子为你镶一只指环,把其余的穿一串项链,还织一袭披肩,于是你光辉了。

当我陪着你,出现于社交场中,人人投你以艳羡之眼;而在你手上戴着的,颈上挂着的,肩上披着的星光闪闪下,那些装点了贵妇人们的真珠和钻石,白金和黄金,琥珀和翡翠,红宝石和蓝宝石,全都黯然失色了。

然而你却锁着双眉,带着愁容,使我惴惴不安。你说:"还要太阳和月亮,做我耳际的饰物。可不可以,亲爱的?"这可有些为难啊。但我终于点点头,伸手摘它们下来,像摘那些星星一样,没有什么舍不得的。

于是你骄傲地坐上了幸福的宝座,人们向你说谀词,你报以微笑;左耳饰着太阳,右耳饰着月亮,你比古来最光辉的女王还要明亮千万倍。但我从此不敢仰视你了。因为我已黑暗。 完全黑暗。

你将悔恨吗？ "亲爱的，还了你的日月和群星吧；我要你体面，有昼，有夜，一如昔时。"你将这样对我说吗？ 唉，唉，算了。 纵令还了给我，也不再是圣洁的了。 至于我之所以情愿舍弃了自己所有一切司昼的光和司夜的光，不过为的是讨你一点欢心罢了。

1942 年

## 吠月的犬

载着吠月的犬的列车滑过去消失了。
铁道叹一口气。
于是骑在多刺的巨型仙人掌上的全裸的少女们
的有个性的歌声四起了：
不一致的意义，
非协和之音。
仙人掌的阴影舒适地躺在原野上。
原野是一块浮着的圆板哪。
跌下去的列车不再从弧形地平线爬上来了。
但击打了镀镍的月亮的凄厉的犬吠却又被弹
回来，
吞噬了少女们的歌。

1942 年

## 摘星的少年

摘星的少年,
跌下来。

青空嘲笑他。
大地嘲笑他。
新闻记者
拿最难堪的形容词
冠在他的名字上,
嘲笑他。

千年后,
新建的博物馆中,
陈列着有
摘星的少年像一座。

左手擎着天狼。
右手擎着织女。

腰间束着的,
正是那个射他一箭的猎户的
嵌着三明星的腰带。

1942 年

## 足部运动

躺在床上失眠。
窗外:
    雨淅沥。

试伸出左足
向上,向天花板
探天堂,探伊甸园,
探诸神之栖处;

试伸出右足
向下,向地板
探地狱,探幽冥土,
探死者之世界。

那些空气让开,
像海浪让开航船,
复又归于平静。

竟没有逢着一位天使,
一羽乐园鸟;
也没有遇见一个撒旦,
一只鬼魂。

只有空气。 没有消息。
什么消息也没有啊!

试伸出双足,同时,
向前,向严肃的墙壁
探远方,
探明日。
那些空气让开,
像海浪让开航船,
复又归于平静:
什么消息也没有啊!

窗外:
　　雨淅沥。
躺在床上失眠。

试伸出左足探,
试伸出右足探,
试同时伸出双足探,
苦闷地,焦渴地,烦乱地。

然而只有空气。
只有空气。 没有消息。
什么消息也没有啊!

1943 年

## 无人岛

我常闻一个声音在唤我;
我常见一个影子飘过去。

如果是来自天国的声音?
如果是天使的影子?
如果是来自地狱的声音?
如果是撒旦的影子?

如果是来自光辉的未来的声音?
如果是永恒的希望的影子?
如果是来自黄金的昔日的声音?
如果是不灭的记忆的影子?

让我应答她,说我在此,
对于那个来自天国或地狱的声音,
来自未来或昔日的声音;

让我拥抱她,并且吻她,
对于那个天使或撒旦的影子,
希望或记忆的影子。
因为我很寂寞,很寂寞;
我是一座太寂寞的无人岛。

1943 年

## 散步的鱼

拿手杖的鱼。
吃板烟的鱼。

不可思议的大邮船
驶向何处去?

那些雾,雾的海。
没有天空,也没有地平线。

馥郁的是远方和明日;
散步的鱼,歌唱。

1943 年

## 吻

吻街路、楼梯和地板的脚倦了的微雨霏霏
之夜,
灯下,用眼睛吻书,一页,两页;
然后,吻你的织毛线的手,
吻你的发的章鱼,
吻你的大眼睛,长睫毛,
吻你的永不凋谢的唇,一度,两度……
用我的再会了烟斗的口。

1943 年

## 7 与 6

拿着手杖 7
咬着烟斗 6

数字 7 是具备了手杖的形态的。
数字 6 是具备了烟斗的形态的。
于是我来了。

手杖 7＋烟斗 6＝13 之我

一个诗人。 一个天才。
一个天才中之天才。
一个最最不幸的数字！
唔，一个悲剧。
悲剧悲剧我来了。
于是你们鼓掌，你们喝彩。

1943 年

## 说我的坏话

说我的坏话,那些树。
那些花卉与青草,嘲笑我。

说我的坏话,
那些美丽的季节春、夏、秋
和残酷的冬天。
她们老是嘲笑我,
说我的许多的坏话。

说我的许多的坏话,
那些风、云、雨和雨后的虹。
那些海与陆的风景,青空和地平线,
那些天体:太阳、月亮和众星,
她们一致地嘲笑我。

那些昼,嘲笑我。
那些夜,嘲笑我。
成为我的身体之一部分了的手杖与烟斗,
也把我来嘲弄。

那些猫与鹦鹉,嘲笑我。
那些舢板、小火轮和豪华的大邮船,

那些飞机、电车、汽车和暴躁的特别快车,
一致地说我的坏话。

我行过的每一街,
我居过的每一城,
我坐过的每一沙发和椅子,
我饮过的每一酒杯和酒瓶,
凡认识我的,
凡晓得我的名字的,
都说我的坏话,嘲笑我。

是什么缘故呢?
不知是什么缘故啊。
而我知道的是:
　　凡说我的坏话,嘲笑我的,
　　　都是美的,美的;好的,好的。

1943 年

夏天

夏天了。
许多的苍蝇散步和休息在我的窗的构图上。
我怀着莫大的忧愁与恐惧,
小心翼翼地打发每一个日子——
有似载重卡车那么了的
匆忙
焦躁
不安定
而又沉重
而又危险的日子。
而在静寂了的夜晚,当孤独的时候,
听哪! 呼着口号哗然通过我的致命地疲惫了的
孱弱的胸部之平原
盆地
与夫丘陵地带的

是一列不可思议的预感。

1944 年

## 五月为诸亡友而作

我的记忆是一个广场，其上立着有许多尊我的朋友们的铜像。那些写诗的手，刻木刻的手，拿画笔的手是我握过的。那些作曲，弹 piano，演奏小提琴的手是我握过的。他们也握痛了我的。啊啊多么悃挚，多么温暖！那些友谊使我怀念，使我流泪，使我伤感。那些心胸都很宽厚，那些灵魂都很善良，和我一样。他们的年龄也都和我相仿。但是他们死了，连一个也不采饮我的房·胡登朱古力了。有的死于坠马，死于轰炸；有的死于咯血，死于肺病；有的死于贫穷，死于饥饿；有的死于忧郁，死于疯狂或自暴自弃。他们死了。剩下我的岩石般的孤独和遣不去的哀愁。我的哀愁是和五月一样……

大时代的轮子辚辚地辗过去。铜像沉默，而我心碎。

1944 年

## 窗的构图

云的少女们的时装表演移过窗的青空的大银幕:

那些是日吻橙色的少女。
那些是桃色的少女。
那些是黛色的,绯色的,和紫罗兰色的少女。

而在窗的黄金律的画框里嵌着的是:
建筑物们的灰色,白色,黑色,土黄色,和屋顶的红色,
以及抽板烟的工厂的姿,水塔的姿,发芽的树和电线杆的姿;

雀鸟的音符们则欢悦地跳跃在电线的五线谱上。

1944 年

## 某地

某地无消息。远了，远了，从其所在的经纬度，离去，离去……彼满载的豪华船，鼓着浪，沉默地，驶向湮绵的，辽复的，不可思议，不可知的虚无海。海上无星月，无灯塔，且多着暴风雨的袭击，有雾，有触礁的危险。……

我流着泪，倾听那些由微弱而岑寂了的挥着手的"再会再会"。许多的人，挥着手："再会！再会！再会！"于是拔锚了，出帆了，远了，远了，湮绵的，辽夐的，一年，两年，三年，十年，八载，一个世纪……鼓着浪，沉默地，彼满载的豪华船，驶向不可思议，不可知的虚无海。……

啊啊，再会，某地和某地的我自己！

1944 年

## 夜行

最寒冷的日子来了!
那些加体刑于我的鞭子们,咆哮着。

星空下,我的疾走,
招致了狗的疑窦和赌徒们的不安。

我的家族需要米。
我却歌着狂想曲的太阳。

1944 年

## 月夜

立体投影于立体,
复为立体所投影,
月夜的都市的建筑物们
如岛,
如巨兽的蹲踞,
如大森林的沉默,
如史芬克斯的神秘,
如静静的墓场。

1944 年

## 三十代

凡我所在处,
纸烟灰缤纷。
那些是
　　生命树的落英。

而我的修长、修长,修长的投影则伸展、伸展、伸展到地平线的那边的那边的那边的这边。

1944 年

## 远方有七个海笑着

远方有七个海笑着。任性地笑着，冶荡地笑着的七个海是七种神秘，七种幻异，七种波动，七种舞。许多的岛屿、灯塔、水族、藻类、兵舰，邮船、帆船、渔船、渔夫、水手和船长，生活在可以打仗，放炮，放机关枪，放鱼雷，用望远镜看星，看地平线的七个海上，七个任性地，冶荡地笑着的海上，七个神秘地波动着，幻异地舞着的海上。

许多的月夜的人鱼唱美妙的哀歌给他们听。

1944 年

## 真理

掀开历史之次一页,
乃有一切美的和理想的,
尸横遍野。

于是掀下去,……
掀下去,永远。

1944 年

## 大地

大地冷凝，
生命始现。

生命是个奇迹。
大地如一面鼓：
试以手杖击之，
彼乃作咚咚响。

大地的心脏是一团火。
——那很好，
让它去燃烧。

1944 年

## 昔日之歌

昔日我住在一座小城市里，深而幽暗的古巷之家很难忘，日子如小城市的单纯，而古巷的晨昏是多诗的。

昔日啊，也曾有过味着妻手烹的小小的鱼以佐薄薄的粥和软软的面包的病中的岁月，那是太幸福了。

幸福的是沐着十月的阳光，静卧于养疴的厅，我的遐思，常随着一个飘过的钟音以俱逝，或是神往于高空鹰呼之悠悠然而徐徐入睡了的那种宁谧——那种诗的宁谧。

啊啊，诗的昔日不再了，那使我的歌声美好的。昔日是一名画，但已被一狂人用小刀割破了！

1944 年

## 火与婴孩

梦见火的婴孩笑了。
火是跳跃的。 火是好的。
那火,是他看惯了的灯火吗?
炉火吗?
火柴的火吗?
也许是他从未见过的火灾吧?
正在爆发的大火山吧?
大森林,大草原的燃烧吧?
但他哇的一声哭起来了:
他被他自己的笑声所惊醒,
在一个无边的暗夜里。

1944 年

## 笔触

安得抹他几笔金黄,橙红,
或是石榴的明艳,
在这中年了的画布——
灰色的,灰色的一片!
便是几个土黄的笔触,
棕的笔触,赭的笔触,
甚至黑的笔触也好啊。
不可虚无。 不可虚无!

1945 年

## 面具

我活着,很痛苦,因为我能分别善恶,判断真伪;而且我的人格是二重的。

我必须戴着面具在街上走,在商店里买东西,在写字间里办事情,在宴会上和绅士淑女们交际,有礼貌地动作,有礼貌地谈吐,为了给人以良好的印象。

我在一切场合,和一切人接触,总不忘记戴着面具,借以适应一切环境,和一切人调和,免得人们说我有神经病,把我送到疯人院里去。

但是当我平安地回到我自己的陋室,关了门窗,便与外界隔绝,没有人可以看见我;没有人可以听见我,于是我把面具摘下,并使劲地摔掉时:我的灵魂亮了。

我可以大叫一声,或是叹一口深长的气;我可以哭笑无常像个孩童一样,或是唱一支没有意义的歌使我自己听了感动。

只有在孤独的时候,我的存在是真实的;只有在孤独的时候,我的行为是纯粹的;只有在我自己的天地里,我有自由的意志。

在这里,我是演员,同时是唯一的观众;在这里,我是上帝,同时是唯一的选民。我崇拜我自己,我赐福我自己。在这里,狂热而又冷静,醉而又醒,我的梦是无边,短瞬而又永远。

我可以在地板上爬,打几个滚;我可以在椅子里坐,默然无语。我看我自己,我听我自己。我可以用解剖刀,解剖我自己。我的庄严是滑稽的,我的滑稽是庄严的。

我可以模拟唐·吉诃德骑着瘦马挺着长矛向风车挑战的姿势,而引起我自己的哈哈大笑,大笑不已。

这样,我就可以看我自己的戏,而且用世界上最辛辣的字眼讽刺我自己,嘲笑我自己,直搔到我自己的痒处,同时发见我自己的伟大。

1946 年

## 天后宫桥

西敏士特桥的歌声远了。
泰晤士河上：那夕阳，那神往，
那淡淡的哀愁呀，远了，远了。

远了，远了。 歌着塞纳河的河水，
歌着昔日之恋的，
米拉堡桥上的诗人也远了。

而今天，在这个古老的国度，
这个东方的大都市里，
伫立在天后宫桥的桥边，
看哪！ 我的颜色是何等的憔悴；
听哪！ 我的歌声是何等的苍凉。
因为这里不是伦敦，也不是巴黎，
轮到我来赞美，轮到我来唱的，
就只有这桥下日夜流着流着
一点也不漂亮的苏州河。

唉唉，唱吧唱吧苏州河。

苏州河呀，晚安！
傍晚的风正刮着你残破的两岸

和两岸的嚣骚：蛆样的人潮，
而你的裸体的遮不住的丑恶
和你的丑恶的美，
应是世界第一流的。

污秽，腥臭，闪着油类的光，
浮着孩尸和犬尸，菜叶和稻草，
挤满了落后和逾龄的船只，
并繁殖着赤痢和伤寒的菌的，
你不朽的苏州河呀，
你就是一首最最出色的抒情诗，
你就是一幅顶顶美妙的风景画。

哦！ 西敏士特桥的歌声远了。
米拉堡桥上的诗人也远了。
而今天，伫立在天后宫桥的桥边，
轮到我来赞美，轮到我来唱的，
就只有这桥下日夜流着流着
一点也不漂亮的苏州河。

像我们的日子一样的黯淡了，
像我们的生活一样的疲乏了，
唉唉！ 流吧流吧苏州河。

1947 年

## 雪降着雪融着

雪降着。
雪融着。
这雪是且降且融的。
屋檐上,天井里,
滴着,滴着,有节奏地,
如此温柔的水滴声。

雪降着。
雪融着。
唔,西北风之最后的一个联队,
已从我们的屋脊掠过去远扬了。

每夜,每夜,陪着我,
温暖我辛勤的右手的火钵子,
现在将有一个长期的休假了。

而那些奔驰在远处大街上的救火车的乱钟
和捕盗车之恐怖、凄厉、紧张、自卑而夸大的嘶喊
也不再给人以愈益寒冷的感觉了。

猫叫唤着。
猫应着。

它们谈着恋爱。
可赞美的!
它们是春天的先知。

于是我的烟斗抽着,抽起来了。
我的字典翻着,翻起来了。
我的夜工作的进行,
如此兴奋而且快速。
钢笔尖划着原稿纸:嚓嚓嚓嚓……
正如那撼动我小楼的墙壁,地板和窗的,
后门外铁道上滑过去的列车。

雪降着。
雪融着。
滴着滴着的水滴声,
如此温柔而有节奏。

孩子们甜蜜地睡着,做着快乐的梦。
他们也许正在梦见我答应给他们做的大雪人吧?
为了取悦于他们,我必须给它贴一张用红纸剪的嘴;
嵌两个圆眼珠:染黑了的胡桃。

但是明天早上,
我将带着他们,

乘电车到公园去晒太阳，
听小鸟的音乐会，
并指给他们看，
那些树上，
还很稚嫩的萌芽：
那是属于他们的绿色。

而当他们大起来，
我知道那是一定的，
他们将要在兵舰上放炮，
保卫我们的领海；
在飞机上开机关枪，
保卫我们的领空；
或是驾驶着坦克车，
抵抗一切外国人的侵略。

他们将要成为烟草商人，成为书店老板，赚很多的钱，
或是成为作家，成为诗人，穷得像我一样。
他们将要和那些可赞美的女孩子谈着恋爱，
在春天，像猫一样。

啊啊！雪降着。雪融着。
听哪，如此温柔的水滴声，
滴着，滴着，有节奏地。

1947 年

## 饮者

在以一列列酒坛筑就的城堡中,
我的默坐
是王者的风度。

在还早的众人的办公时间,
我欣然而至了:
唯一的,下午三点钟的饮者。

我向酒保要了最好的酒,
自斟自饮,从容地,
统治一个完整的纯粹的帝国。

我的离去和我的王朝的倾覆,
是当有第二个顾客踏进来,
并侵犯了我的伟大的孤独时。

1947 年

## 诗的灭亡

诗情呀,诗意呀,
悉为二十世纪文明辗毙了;
因而比一切重要的"心之视力"
遂日渐迟钝日渐消散了。

喊科学万岁吧!
说艺术再会吧!

煎着,熬着,
忍着,受着,
妻呀,子的,
柴呀,米的。

没有感动。 没有感动。 没有感动。
没有感动。 没有感动。 没有感动。
没有感动。 没有感动。 没有感动。
没有陶醉。
没有神往。
没有梦。

便是"举杯"在手,

也觉得头顶上的"明月"
不过是个卫星,
有什么值得"邀"的?

1947 年

## 饮者不朽

你们说我喝醉了,
于是把我关起来。
其实从我的窗子看出去,
真正清醒的还是我自己。

1947 年

## 鸟之变奏

我不过才做了个
起飞的姿势,这世界
便为之哗然了!

无数的猎人,
无数的猎枪,
瞄准,
射击:

每一个青空的弹着点,
都亮出来一颗星星。

1947 年

## 致 PROXIMA

芳邻呀,
PROXIMA 呀,
你在哪儿呀?

每夜,每夜,我拿着望远镜,
向星空,用一种太忧郁了的调子,
向你致意,说晚安,
并滴我的星数的眼泪,
在这个蕞尔、晦暗的地球上,
你知不知道呀?

1947 年

**后记**:PROXIMA 是距离我们的太阳系最近的一颗恒星之名。

## 三岁

推开窗,
指着天空初升的金星,
问孩子:"好看吗?"
他点点头,说:"拿!"
"星是拿不到的呀。"
他说:"跳!"
——一种代表了全人类的飞跃的意志
闪耀着
在这三岁孩子星样的眸子里。

1947 年

## 记一个酒保

我所永远忘不了的
是那小酒店的阿胖,
他心仁厚,
他的灵魂善良;
没有一点儿俗气,
在他那纯粹的平凡里。

我摸摸身上的钞票,
还剩下最后的一张,
问了价,我才知道,
这一点,只够二两。

但他终于满足了我的需要:
"没关系的,先生海量。"
对于我,还是很有礼貌,
很客气,像平常一样,
像对一个大亨,阔佬一样。

于是,我忍不住地流了眼泪,
我杯中的酒,遂带有一些咸味。
我想,倘若我做了以色列的王,
他必是侍立在大卫身旁的伶长。

1947 年

### 微醺

你使我的生命丰富，
像贮满金银珠宝的库房；
你解放了我的心灵，
像扑着翅膀飞的小鸟。

就在这恍惚的瞬间，
我有了征服全宇宙的意志。
而你，樽中的美酒啊，
岂非我至高无上的主宰么？

1947 年

## 酒店万岁

惟有酒店是必须存在的：
此乃一切否定中之肯定。
因为世界上最坏的坏蛋，
到这里都变成善良的了。

1947 年

## 偶感

如果是真正的黄金,
让他埋藏在垃圾堆中;
如果是纯粹的音乐,
让他沉默在流行歌里。

愈积愈高的垃圾堆,
即使永无清除的一天;
日新月异的流行歌,
纵然没有停歇的时候。

1947 年

## 致诗人

——谁倘是真正的诗人
　　谁就配接受这赞美


你站着
像一座巨大的发电厂
　　沉默
　　在夜的中央

你向饥饿宣战。
对于世俗
从不把投降的白旗树起

反抗一切权力。
你的心灵
属于有翅膀的族类

你的诗的红宝石
熠耀于众天才之星座
是纯粹的艺术
也是一时代的匕首

你的仇敌
企图以定时炸弹毁灭你的光明

但你笑笑：
　由他
　那些免不了的

阴谋。 这是对的
哦！ 诗人
你的活着既是如此坚强
就也能庄严地倒下
而且发出

神一般的音响……

　你沉默
　　在夜的中央
站着
像一座巨大的发电厂

1948 年

**后记**：此诗作于 1948 年 4 月，我满三十五岁生日的晚上。 没有酒，惟粥与豆，吃了个半饱。 而奇怪的是，诗成，肚子竟不饿了。 岂不应该感谢我的诗的大神，赠我以如此高贵的生日礼。 我想，古今中外，凡是真正的诗人，都足以接受我的这个喝彩而无愧；固不仅是用以自寿、自挽、自剖、自哀和自勉的而已。

## 贫民窟的颂歌

  我住在贫民窟,
  我是贫民窟的桂冠诗人,
  故我作贫民窟的颂歌。

晚上,我的纸烟完了。
打着呵欠如燃料匮乏停驶于旷野中的列车。
出了污秽阴暗狭窄丑陋烦琐而嚣骚的里弄,
便是大街。
黑而臭的苏州河
流着流着注入浑浊而汹涌的黄浦江了。
啊! 好大的风,刮起了一地的垃圾;
谁吐的甘蔗渣,落在我身上。

无数的穷人!
无数的穷人!
无数的穷人!
无数的被欺骗与虐待的潮澎湃着。
作为贫民窟的苍白的众生物之一的我的血澎湃着。

  崩溃! 崩溃! 崩溃!
履着这解体的冰山之一碎片,

沉默和抗议和发狂是等价的。

但是小烟店的存在是一种美。

和我稔熟了的可以赊账的
那家静立在街头并橙色地微笑着的打烊前的小
烟店是一种美。

1948 年

## 穷人的女儿

穷人的女儿坐在垃圾堆上,
用她的天蓝的眼睛凝视着街的远处。
她是那么庄严,那么高贵,那么美,
像一个有许多王子在追求她,
有许多骑士向她宣誓效忠的
古城堡的公主。

1948 年

## 赠仁予

你的忧愁似叶赛宁。
你的神秘像兰保。
你有繁多的梦如彩虹之七色。
你爱一个少女步着东方风的。
你的生涯好比茫茫海的初旅。
而诗是你的罗盘。

我看见你用闪着天才的光辉的大眼睛
凝视着远方连绵不可知的地平线
如此惊异又沉思地;
我听见在这荒凉而嚣骚的大地上
是你——蓝的燕子
第一个发出了小夜曲那么优美的歌声。

1948 年

**后记**:仁予和蓝本这两个孩子,都是当年我在上海发现的可惊异的诗才,他们认识我时,都只有十几岁,还在念中学。我曾推荐他们的作品发表在朋友主编的刊物上,我主编的诗志,也经常用他们的稿子。我称仁予为"蓝的燕子",而蓝本则是"火的地平线"。一阴柔,一阳刚,都是个性很强的诗选手。

## 萤的启示

明灭,闪烁,在暗室的
天花板上,窗际,墙角落里……
小小的昆虫啊,它也发光。

我不是太阳,不是恒星,
也不是一盏灯,或一根火柴。
我呀,我拿什么来发光呢?

好比暗室里的一羽萤,
由这微藐的生命的启示,
我也要用我的百炼千锤的诗篇
显示我真实的存在,
向那夜一般的人间。

1949 年

## 命运交响乐

一

黑下来,黑下来,黑下来,
夜的神秘的顽童
把无数黑色的粉末撒将下来,
而且投他的巨大的阴影
于大地,覆盖大地。

寒冷的风的女巫
骑着快马,驰过去,
丢一个嘲笑在我的窗外。

(哦,诗人,
求求你的阿坡罗吧!
你的九个缪斯呢?
哈哈……嘿嘿……)

这里,那里,远处,近处,
枭叫,狼嗥,凄厉而且幻异。

啊啊! 一个不祥的预兆。
一个不吉利的信号。

我的窗在发抖。
灯也在眨眨地垂灭了。

于是我听见了——
那个命运之神
正在用他的铁的手杖
敲击我的门扉：
　　使劲地敲
　　　　急急地敲
　　　　　　冬冬冬冬
　　　　　　　　冬冬冬冬

二

如果来者是个佳运，
我将如何欢迎他？
如果来者是个噩运，
我将如何拒绝他？——
我将说"你认错了门牌，
这里不是"吗？
或者骂他一声"滚开！
没有礼貌的东西"？

而在浓密的黑暗里，
我怕我被命运之神一口吞没，
传说他那强大的胃
消化一个人是极快的。

于是，我镇定了一下，
开始试用我的两手，
自顶至踵，仔细地，
把我的肉体抚摩了一遍：

这里是我的孱弱的胸部之阡陌；
偏左一些，是我的心脏的位置，
它正在有规律地搏动着，一如平日；
我的头发像废墟的乱草；
我的两臂是多筋而枯瘦的；
我又找到了我的凹陷的两颊
和少脂肪贮藏的干瘪的腹部；
抹抹多皱纹的前额，
这里面是充满了思想的；
捏捏两条纤长的腿，
它们是曾经跋涉过千山万水的。

我知道我还活着，我还存在，
还没有什么怪物敢于把我一口吃掉；
而且，我还有的是力量，
还能战斗，工作和歌唱。

三

但是，听哪！
谁在敲门？

谁在叫我的名字?

他用铁的手杖敲击我的门扉,
使劲地敲,急急地敲,
冬冬冬冬,冬冬冬冬。
他用严重的声音叫我的名字,
一遍,二遍,三遍……

是时候了,今夜。
今夜,我有两条路走:
肯定他,便是否定我自己;
否定他,便是肯定我自己。

而我已面临最后的抉择。

四

唉唉,多么可笑!
我岂不是一个宿命论的唾弃者么?
如果命运之神是实有的,
那么,我就是我自己的主宰,
我的否泰就操在我自己的手里。
说吧!在这个世界上,
谁能够支配我? 摆布我?
凭了我的意志,我可以命令我自己:
反抗或投降,
生或死,

站在正义的旗下
或与化妆为天使的撒旦为伍,
挨饿,受冻,睡在露天下
或向世俗与权力低首。
而况,我是如此的睥睨一切
又如此的自我崇拜。

然则,什么命运之神?
他是什么样子?
穿的是什么衣服?
吃的是什么东西?
住在哪儿?
姓什么? 叫什么?
有没有户籍和身份证?
让我去开了门,
看他一个究竟,
如果他是有血有肉的,
如果他是可触及的。

五

于是我秉烛而出,拔了门闩,
嘎的一声,开了门扉。

看哪!无边的夜,无边的夜。
没有,没有,没有。
什么? 连影子都没有。

一切都是幻觉。
一切都是虚构。
既无佳运，亦无噩运。
无否，无泰。
而只有夜，只有夜，是真的。

夜是无边，而且很静，很美。

1949 年

## 雕刻家

烦忧是一个不可见的
天才的雕刻家。
每个黄昏,他来了。
他用一柄无形的凿子
把我的额纹凿得更深一些;
又给添上了许多新的。
于是我日渐老去,
而他的艺术品日渐完成。

1950 年

## 四行诗

被生活压扁了的,
今天,我是干鱿鱼的同类。
把我放在火上烤吧,烤吧……
诗,文学,艺术,再会!

1950 年

## 构图

静寂的十字路口,
满载着甘蔗的牛车
迟缓地行过,
一辆,二辆,三辆……
像活动的图案。

街边,
玩具似的木屋,
小窗里的初灯
优美地亮了。

于是瑟瑟瑟瑟……
修长的槟榔树的叶子
摇落了
岛上
诗一般的黄昏。

1950 年

**后记**:1950 年台北街头的风景画,我用写实的诗句,把它保存了下来,那情调,我非常地喜爱。

## 午夜的壁画

一盏灯,柔和地
亮在一间小小的木屋里;
三个一模一样的沉思着的影子,
构成了一幅午夜的壁画。

午夜的壁画,
是即我之三位一体。
午夜的壁画,
是即三位一体之我。
修长的我,
不可思议的我,
和破碎了的我。

我说:朱丽叶啊,再会!
我说:海伦啊,再会!
忘了那些花瓣似的嘴唇。
忘了那些蜜味的吻。
忘了那些悦耳的谎言。
忘了那些虚无的恋。
在这里,我是心如止水。
木屋外,一边是有星光照着的海,
一边是隔绝了城市的森林和山岭。

森林里，那鹿鸣的呦呦如昔日的歌声；
山岭上，那积雪的皑皑如不灭的记忆；
而鱼类和藻类则静静地眠在海底，
如我的十彩的梦，无边，无际。

我从何处来？
我往何处去？
我不知道。 我不知道。 而我知道的是：
纵有春风拂过，止水呀也不扬波的了。

故我投修长的影在壁上；
投不可思议的影在壁上；
那个破碎了的我
也投影在壁上。
此乃灯之杰作，
还让灯去欣赏。

灯是美的。
小小的木屋是美的。
午夜的壁画也是美的，美的。

1951 年

## 眺望

槟榔树啊,
你在眺望什么?
是那像诗人一样地,
散步青空的白云吗?
是比我所能看到的更远一点,
更使人落泪一些的地平线吗?
不可思议的槟榔树!
我的植物界的同类!
修长的槟榔树。
寂寞的树。

1951年

## 美酒颂

使我的心脏快速地搏动着,
使我的血液快速地循环着。
使我乐于工作,
乐于活在世上,
像一具不停的马达,
从黎明到夜的中央。

使我的生命的各种乐器
发出了大交响,
使我无拘无束地歌,
自由自在地唱,
而这火一般的声音
又是如此地充满了力量,
燃烧,燃烧,
飞扬,飞扬,
像鹰隼,
扑着翅膀。

使我的灵魂宁静
如那山的苍苍,
使我的胸怀渺阔
如那海的茫茫。

使我作着预言在我的诗篇里
像一个古代伟大的先知,
并用我的手杖指着那
闪耀在未来的地平线上的

万道金光。 啊啊!
使我三呼人类万岁,世界不朽的
正是你啊,美酒,以产在这岛上的
乳房一般的凤犁酿制的。

你那馥郁,
你那芬芳,
你那陶醉,
举世无双:
竟是没有一个少女的吻
能够比得上!

1951 年

## 槟榔树:我的同类

高高的槟榔树。
如此单纯而又神秘的槟榔树。
和我同类的槟榔树。
摇曳着的槟榔树。
沉思着的槟榔树。
使这海岛的黄昏如一世界名画了的槟榔树。

槟榔树啊,你姿态美好地立着,
在生长你的土地上,从不把位置移动。
而我却奔波复奔波,流浪复流浪,
拖着个修长的影子,沉重的影子,
从一个城市到一个城市,永无休止。
如今,且让我靠着你的躯干,
坐在你的叶荫下,吟哦诗章。
让我放下我的行囊,
歇一会儿再走。
而在这多秋意的岛上,
我怀乡的调子,
总不免带有一些儿凄凉。

飒飒,萧萧。
萧萧,飒飒。

我掩卷倾听你的独语,
而泪是徐徐地落下。

你的独语,有如我的单纯。
你的独语,有如我的神秘。
你在摇曳。 你在沉思。
高高的槟榔树,
啊啊,我的不旅行的同类,
你也是一个,一个寂寞的,寂寞的生物。

1951 年

## 白色的小马

驰过去,
驰过去,
白色的小马,
蹄声得得。

驰过去,
从一个帝国的瓦解,
到一首史诗的完成。

驰过去,
从一根火柴的熄灭,
到一个宇宙的诞生。
白色的小马,
蹄声得得。

从我的心脏之每一搏动
驰过去,
从我的血液之每一循环
驰过去。

从我的生命的小火山,
从我的血管的诸河流,

从我的多丘陵的不毛的胸部之旷野
驰过去,驰过去,
白色的小马,蹄声得得。

1951 年

## 五月

五月的寂寞 GIN 三杯。
黄昏的蝙蝠如纸剪的。
海上的蔷薇开又谢:
或人的梦是深且远啊。

五月的寂寞 GIN 三杯。
你画里的春天都是假的!
升起于键盘上的月亮,
做了暗室里的灯。

1952 年

## 现实

甚至于伸个懒腰，打个呵欠，
都要危及四壁与天花板的！

匍伏在这低矮如鸡埘的小屋里，
我的委屈着实大了：
因为我老是梦见直立起来，
如一参天的古木。

1952 年

## 哀槟榔树

描你在我的风景画上是好的。

槟榔树啊,
你这上帝的杰作,大地的奇迹,
向着青空,伸展你的躯干,
以超乎群树的修长之姿,挺立在原野上,
并纷披你的绿发像一个诗人,
你就美了,美了。

槟榔树啊,
你给我以崇高的启示,
你使我悟彻了生命的意义。
正是为了你的缘故,槟榔树啊,
我才重新穿上古旧的画衣,
拿起尘封的画板,
而把油画颜料涂到画布上去——
这不也是一种诗的行动么?

一天,我掷去了画笔,踏碎了画箱,
以永恒的沉默表极大的愤怒,
因为怀着征服的意念的大台风

所加于你的虐待是拦腰截断；
而那些懂得如何低首的花枝
依旧招展在风后的丽日下。

1952 年

## 蝇尸

像一粒葡萄干,
被残破的蜘蛛网粘在墙角落的蝇尸。
它静止着。 它安息了。
它的灵魂大概已经进入天国,
和上帝在一起了。
它那中空而干瘪的躯壳,
已不若生前的丑恶和讨厌。
它那失去了的前脚,
是因极度的挣扎而断折的。
它那变色为枯黄的复眼,
已不再看得见什么。
它那成了单数而一半缺损的翅翼,
除了有风吹过是不复振动了。
而当一只初出世的小蜘蛛
悄悄地爬经它的身边时,
啊,它竟是如此地显得有一种标本的
宁静,尊严,和美。

1952 年

## 画幅

我是世界上最寂寞的男子,
因为我永不呼唤你十彩的名字。
但我永远张着修长的两臂,
等待你一朝奇迹般地归来。

我将给你看我的生命的画幅上
辽远得令人落泪的地平线,
一个没有云飘逝的苍苍的天,
和一个没有船航行其上的茫茫的海。

1952 年

## 你的名字

用了世界上最轻最轻的声音,
轻轻地唤你的名字每夜每夜。

写你的名字。
画你的名字。
而梦见的是你的发光的名字:

如日,如星,你的名字。
如灯,如钻石,你的名字。
如缤纷的火花,如闪电,你的名字。
如原始森林的燃烧,你的名字。

刻你的名字!
刻你的名字在树上。
刻你的名字在不凋的生命树上。
当这植物长成了参天的古木时,
啊啊,多好,多好,
你的名字也大起来。

大起来了,你的名字。
亮起来了,你的名字。
于是,轻轻轻轻轻轻地唤你的名字。

1952 年

## 十一月的怀乡病

十一月是我的诗之月,
是一年中最诗最美好的金与蓝的季节。
世界上再没有一个蓝天比那覆盖着生长我的古城的
更蓝,更深,更蓝得悦目,更深得好看的了,
当十一月莅临的时候;而家园秀挺的梧桐树
则撒下来她的金色的果瓢,如一叶叶小小的舟。
在那里,我昔日的初恋女,有其蓝色的大眼睛,
常给我以秋空般的沉醉;而我们款步过的扬子江边,
那夕照里摇曳着的芦滩也是镀了一层薄金的。
啊啊! 又是金色与蓝色的诗之月来了,
我却流亡在这海岛上,唱着无限伤情的怀乡歌。

1952 年

## 诗的复活

被工厂以及火车、轮船的煤烟熏黑了的月亮不
　　是属于李白的；
而在我的小型望远镜里：
上弦、下弦，
时盈、时亏，
或是被地球的庞大的阴影偶然而短暂地掩蔽了
　　的月亮也不是属于李白的。

李白死了，月亮也死了，所以我们来了。

我们鸣着工厂的汽笛，庄严地、肯定地，如此
　　有信仰地，宣告诗的复活；
并且鸣着火车的尖锐的、歇斯底里的、没遮拦
　　的汽笛，宣告诗的复活；
鸣着轮船的悠悠然的汽笛，如大提琴上徐徐擦
　　过之一弓，宣告诗的复活。

1953 年

## 致天狼星

天狼星啊，你是众星之星，你是星中之王者。
你的伴星绕着你转，就像我的女人不离开我的身边。

让你的伴星分裂为数个行星如同我们的太阳系一样吧！
让这些行星开始冷却并且出现生命如同我们的地球一样吧！

天狼星啊，你多美啊！ 正是为了你的缘故，啊啊，
竟使我这狂徒第一次跪下来向耶和华祈祷。

1953 年

## 吃板烟的精神分析学

从我的烟斗里冉冉上升的
是一朵蕈状的云,
一条蛇,
一只救生圈,
和一个女人的裸体。
她舞着,而且歌着;
她唱的是一道干涸了的河流的泛滥,
和一个梦的联队的覆灭。

1953 年

# 发光体

我岂是属于你的装饰品之一呢?

视我如指环么?
你手上有的是金刚钻,黄金与白金,翡翠与红宝石。

视我如耳坠子么?
唔,太长了,也太重了!

我若是一串真珠的项链,
或许可以安安稳稳地套在你的粉颈上;
我若是一枚小小的金十字架,
或许可以服服帖帖地垂挂在你的酥胸前。
唉唉,美丽的呀,我哪里有这等的福分!

而我的粲然如巨星之熠耀,
不过是由于我是一个发光体罢了。

1953 年

## 台北之夜

开始有了一些儿秋意的夏夜,
月蚀后的月亮真的更圆,更好看了。

风吹飘起你的桃色的裙和我的金领带,
使发出旗一般的飒飒之响。

清凉,神秘,宁静,织着镶银边的蓝梦,
睡眠在月光下的台北有七种美。

所以我深爱这苍黑的,跨越铁道的天桥,
和这桥上无言而多诗的小立。

1953 年

## 标本复活

一天,当所有的爬虫标本
宣告复活,并且蠕蠕而动,
骷髅们亦随之而起舞了。
舞着,舞着,那习习的阴风过处,
使一切禽鸟,一切蛾蝶的标本振翅而飞:
每一羽的蛾蝶载针一枚,
如同受了伤的印第安人背部深入的箭;
而各种的禽鸟合唱一首赞美之歌。
于是,数以万计的博物馆参观者
都被关进疯人院里去了。

1953 年

## 一片槐树叶

这是全世界最美的一片,
最珍奇,最可宝贵的一片,
而又是最使人伤心,最使人流泪的一片:
薄薄的,干的,浅灰黄色的槐树叶。

忘了是在江南,江北,
是在哪一个城市,哪一个园子里捡来的了,
被夹在一册古老的诗集里,
多年来,竟没有些微的损坏。

蝉翼般轻轻滑落的槐树叶,
细看时,还沾着些故国的泥土哪。
故国哟,啊啊,要到何年何月何日
才能让我再回到你的怀抱里
　去享受一个世界上最愉快的
　　飘着淡淡的槐花香的季节?　……

1954 年

## 光明的追求者

好比一盏金黄的向日葵,
我是一个光明的追求者;
又如一羽扑灯的小青虫,
对于暗夜永不说出妥协。

太阳在哪里我就朝向哪里,
灯光在何处我就飞向何处,
因为我是一个光明的追求者,
对于黑暗怎么可以树起白旗?

一旦这世上的灯火完全熄灭,
我便鼓着小翅膀向着星丛飞;
要是太阳忽然冷却,不再燃烧,
我呀,我就点亮了我自己。

1954 年

## 世故

凡必须仰视你的都恨你,
因为你的个子太高了。
你应当矮一点下去,
向众人的平均身长看齐。
这样,你的存在
就能够得到"社会"的承认;
而在某种适当的场合
发表一些没有意见的意见,
你将会博得如雷的掌声
和满场一致的喝彩。
于是,连你的最失败的作品
也可以成为"畅销书"了。

1954 年

## 火葬

如一张写满了的信笺,
躺在一只牛皮纸的信封里,
人们把他钉入一具薄皮棺材;

复如一封信的投入邮筒,
人们把他塞进火葬场的炉门。

……总之,像一封信,
贴了邮票,
盖了邮戳,
寄到很远很远的国度去了。

1955 年

# 三代

用秃了的大乌龙水
在祖父的青田砚里
扫着朱墨
而化腐朽为神奇的我啊,
也只好说是不厌不倦的了吧?

夜夜,想着爷爷的手迹——
那些享尽了盛名的八分书啊!
儿时曾瞒着大人们偷偷地临摹过的,
如今,不知悬挂在
哪一个富贵人家的客厅里了?
啊啊,多么的有个性:
苍松般的劲遒,
每一笔
都是傲骨。

所以父亲
不愧为一个坚强的革命者了;
而我亦自甘寂寞,
就此终老于一支粉笔,
并乐于接受一切考验
在这个乱世无尽的忧患里。

1955 年

## 树中之树

油加利树之所以为树中之树,是因为它每一秒钟都在生长,都在发展。所以它的美是属于一首诗的。

当我第一次知道了它的名字就叫做油加利树时,我真是快乐得几乎连自己也变成一棵油加利树了。

记得就在不久以前,它还是一株不大惹人注目的瘦小的树苗,而现在,它已经可以从这敞开着的楼窗窥见坐着工作着的我了。它摇曳在风中,微语着。它的嫩芽是柠檬黄色的;而它的每一片橄榄绿的叶子,闪耀着贵妇人手上钻石般的光辉,在久雨后显得特别强烈的阳光下,真是漂亮极了。

啊啊,油加利树之所以为树中之树,是因为它每一秒钟都在生长,都在发展。所以它的美是属于一首诗的。但是这一首诗啊,怕远不是任何一个有地位的植物学家所能够读得懂的。

1955 年

## 色彩之歌

终于回到色彩的世界里来了!
我首先接受了一打的欢呼:
有个性的十二个音阶——
锌白、土黄、棕、热烈的朱、高贵的红、黄与柠檬黄;
草绿、翠绿、天青、普鲁士蓝和中国少女的发的神秘的黑。
没有紫的;没有橙的。
但我可以取之于红与青或蓝的和声;
　　　　取之于黄与朱或红的和声。
而让棕与绿的结合成为橄榄绿;
　让棕与红的结合成为土红;
　让白与黑的结合成为失恋的灰色。
——这就够了。
于是,我拿着画笔,
以一个乐队指挥者的姿态,站在我的画布之前了,
岂不是
　神一般的庄严么?

1955 年

## 画者的梦

我将用跳跃的笔触表现海,
那是一定的。

至于那些古老的岩石,
我将使他们的额纹深刻,而瘦骨嶙峋。

要是有一条漂亮的人鱼
躺在镀了金的石头上,
做一个美妙的姿态,
那才是个多够味的模特儿哪!

必有被烤成各色的云
和饰以喷泉的鲸鱼
从我的画面通过。

而使那遥远的地平线
成为不寂寞的了,
是一男低音歌手的出现:
一艘无国籍的满载的运输船。

1955 年

## 榕树


因为园子太小,而榕树太多了,
所以我买了一把锯子。
葡萄酒那么殷红的血啊,从我的伤处涌出来;
而他的血液却是白色的,像牛乳。

1955 年

## 十一月的新抒情主义

金色的将变成土色了吧?
蓝色的将变成灰色了吧?
是的,是的:十一月最后的日子还剩几秒。

今天礼拜三。 明天礼拜四。
十二月一号是多么的无聊啊!

那些哼着蓝色多瑙河而散着小小的步子的金发
女郎在何处?
那条绣着金色图案的蓝领带也不知去向了啊。
而窗外
午夜的地平线上木然出现了的是一具披着灰色
头发的
不肉感的土色的裸体。

噢噢,错过了的:
火曜日的晚上,
本可以和斯泰芬·马拉美的女儿结婚;
教保尔·梵乐希念诗,安特烈·纪德致词。
于是当新世纪的黎明,雄鸡诞生——
蒋·高克多引颈长鸣声中,
高穆·阿保里奈尔的西班牙风邪症也霍然

痊愈了。

可是伤心有何用呢？ 流泪也枉然的。 然则，做诗吧！
变成土色了的，原来是黄金的金色呀。
变成灰色了的，原来是蓝天的蓝色呀。
嗯，没什么，这就是十一月的新抒情主义。

1955 年

## 绿三章

### 1

日子绿起来了。

这是一座刚落成的公园都市,
开深绿、浅绿和橄榄绿的玫瑰花。
绿街。
绿屋。
绿马车。
而满载情书的邮政飞机之舞
使风和空气都绿了。

哦! 日子
　　　怪新鲜地绿起来了。

公民们以生番茄为选票,选举市长和议员;
我用诗纳税,饮绿星、绿太阳的酒。

### 2

"在这个世界上,也有绿的玫瑰花吗?"
一位外国记者不远千里而来访问我。
"是的,只有我创造的玫瑰花是绿的。"

我的回答使他画了一些绿的符号。
然则,出发吧!
要像一个诗人的样子地。

3

  日子绿起来了。
 日子怪新鲜地绿起来了。
哦,出发吧!

深绿的玫瑰花。   万岁!
浅绿的玫瑰花。   万岁!
橄榄绿的玫瑰花。   也万岁!

X 啊,不读我的诗的 X 啊,
 我恐怕要跟你打官司了吧,
  如果你还不关上无线电收音机,
   老是让它唱那至极无聊的"玫瑰玫瑰我爱你"的话。

因为呀,这正是一个由我亲手加冕了的绿玫瑰的日子嘛。

1956 年

## 我爱树

我爱树,所以我是很悲哀的。
而尤其悲哀的:我终于不能够变成功一棵树。
我非树?
树非我?
我即是树?
树即是我?
多么的悲哀哟!
于是弯曲伸展用我的
两臂和十指还有头发
极力模仿那些枝条那些
姿势那些叶子那些形状
而且用脚使劲地往泥土里踩

1956 年

## 诗人之分类

一种大诗人风度,
你没有。
因为你耐不住寂寞;
而且,忌妒。

你也不懂得什么叫做饥饿。
凡饥饿的无罪。
饥饿万岁!

1957 年

## 阿富罗底之死

把希腊女神 Aphrodite 塞进一具杀牛机器里去

  切成
  块状

把那些"美"的要素
抽出来
制成标本；然后
    一小瓶
    一小瓶

分门别类地陈列在古物博览会里，以供民众观赏
并且受一种教育

这就是二十世纪：我们的

1957 年

## 萧萧之歌

我对我的树说：我想
要是我是一棵树多好哩！ 槐树、榆树
或者梧桐。 要是让我的两只脚和十个足趾
深深地伸入泥土里去，那么我就也有了枝条
也有了繁多的叶子。 当风来时
我就也有了摇曳之姿。 也唱萧萧之歌
  萧萧飒飒
  飒飒萧萧
让人们听了怪难过的，思乡
和把大衣的领子翻起来。 而在冬天
我是全裸着的。 因为我是落叶乔木
不属于松柏科。 ——凡众人叹赏的
就不免带几分俗气了。 所以我的古铜色的
头发将飘向遥远的城市。 我的金黄色的
头发将落在邻人的阶前。 还有些琥珀般发红的
则被爱美的女孩子捡了去，夹在纪念册里
过些时日便遗忘了。 于是当青绿的季节重来
她们将在我的荫盖下纳凉、喝汽水
和讲关于树的故事……然后
用别针，在我的苍老的躯干上
刻她们的情人的名字：诸如 Y. H. 啦
TY 啦 RM 啦 ST 啦 YD 啦 LP 啦以及其他

等等，都是些个挺帅而又够古怪的家伙

——我对我的树说。 我的树
是热带植物，但不算棕榈科

1958 年

## 一歌女

她的爸爸是个被希特勒宰掉的船长,
母亲是太平洋上一小岛的土著,
而她自己却在芝加哥的贫民窟里长大,
像一朵黑玫瑰。

她唱的是:"玫瑰玫瑰我爱你"。
那么哑,哑得非常之淫荡。
的确是噪音中之噪音。
所以美国人听了都有点儿痒痒的。

1959 年

## 未济之一

她们喜欢快速那些绿
具可燃性的她们都很忧郁
至于那些腐叶丧失了辛烷度的不喜欢
忧郁她们是一点儿也不

所以我经常表演攀爬
一面吹着最不音乐的口哨水手风地
在一个被加了特别延长记号的全分音符里
登天梯以超脱

凡绿和腐叶
凡具可燃性的和丧失了辛烷度的
无论其忧郁不忧郁喜欢不喜欢快速
而总之我是又开始了(哦! 观众
随便你们嘘或中途退出
大声叫喊,统计学一般的沉默或用力拍手——
这里是没有什么公共秩序必须维持和遵守)

而是圆筒状成几何级数的那么
爬升又跌落;而是成几何级数圆筒状的那么跌
落又爬升……

1959 年

## 主题之春

于是我用左手拿着一点也不烫的烟斗
指向太阳——看来有一种射击的意图;

而右手
怪空虚的
在裤袋里摸索。
这是个噩梦的季节。
乘以二,乘以三,并加了延长记号的。
醒不来的噩梦:
这季节。

我要到巴黎去。
但他们说我体重太轻了;
东京呢,
这身长又太高了。

四十年前……
我母亲的记忆像牡丹;
而妻是那么神往地倾听着,
笑着,又叹息着。
噢! 她已经给女儿买了缝裙子的布回来:

一块花花绿绿，一块黑的。
于是我做了个姿势，
交给左右两手各一特别任务。

1960 年

## 杜鹃

她占领了整个的春天,
用她的红:
一种不可抵抗的红;

一种铿铿的红。

1960 年

**后记**:此诗作于今年(1960)4月,而我的两棵心爱的杜鹃,是去年春间买来种下去的:一白一红。今年开得比去年还要茂盛些。而红的一棵花期更长,差不多开了三个月,使我的小园大为生色,真令人高兴。于是我听见了我灵魂里的刀剑声。于是诗成。

## 吃烟者

历史客满。
圣贤寂寞。
而我不属于他们
或你们。 我是

站得远一点的。 我想
我只属于我的烟斗。
我喷出的烟圈证实我的存在。
我喊烟草万岁。
这就是我今天的表演节目。
不售门票。
不登广告。
亦不招待名流和新闻记者的。
因为我是

站得远一点的。

1960 年

## 猫

——它叫"金门之虎",因它是金门产。

我的猫,把它没吃完的半个小老鼠
很慷慨地放在我的案头的一只饼干碟子里——
大概是留给我做宵夜的吧?
这教我气得把它拖过来重重地揍了一顿,
而且使我的房间立刻充满了 D. D. T. 的气味。
但是显然它是不服气的;
它用它的橄榄形的眼睛向我提出抗议:
 "如果波特莱尔的狗是对的,
 那么你也就没错了。"

1960 年

## 银桂

篱笆下,
我瘦小的银桂,
奇迹似的,
开了不到十朵的花。

太少了!
但还是很香,很美。
这迟到的春天,
总算没交白卷。

……二十年前,
我娇弱的叶子姑娘,
穿一件淡淡的旗袍,
那颜色,就像这银桂一样。……

如今,她已做了好几个孩子的妈咪;
而我也不再把古旧的七弦琴弹响。——
唉,这世界,
是多么的,多么的荒凉。

1961 年

**后记**：在台湾，桂花的开放，不限于中秋时节；一年之间，要开上两三回，而且每次的花期都很长，似乎常年都可以闻到她们的香气。去年，我以新台币五元的代价，买到了一株高仅一尺左右的银桂，亲手种她在小园的篱笆下。总以为这样的幼小，至少还要再过两三年才会开花。谁晓得就在最近的一次寒流退走后，前两天，无意中发现她已悄悄地开了很小的几朵，真是喜出望外，我高兴得不得了。除这株银桂外，小园里还种有两株杜鹃———一红、一白——和别的花木。但以阳光不足，泥土欠肥，加之我这个园丁终日为一家人的生活而奔忙，很少有时间去照顾她们，所以早就应该怒放了的杜鹃，直至现在，还看不见一个朵子。新叶倒是生了不少。看样子，今年不会开了。纵开，也一定开得很迟，而且不若往年那么热闹。这很使我失望。幸而银桂开了，在我的小园里，才算是有了这么一点儿春色、一点儿春意。而银桂的开放，使我想起了叶子姑娘。二十年前，她常爱穿一件素雅的衣裳，最喜欢淡黄色，那风格，就好比银桂。而她的温柔与高贵，是我终身所不忘的。我常想，如果有一天，她竟再度出现在我的眼前——不管她掉了几颗牙齿，白了多少根的头发，我还是要实践我当初的诺言，不会嫌她老的。1961年1月26日，诗成，是为后记。

# 与我同高

与我同高　我左面的一棵
我右面的一棵　与我同高
油加利啊　多美丽

多美丽啊　油加利
我左面的一棵　与我同高
与我同高　我右面的一棵

三拍子的二人舞
二拍子的三人舞
只要有小小风的伴奏就够了

所以我在这里生根
在这里呼吸和新陈代谢
不也是很有道理的吗

1961 年

## 苍蝇与茉莉

一只大眼睛的苍蝇,
停歇在含苞待放的茉莉花朵上,
不时用它的两只后脚刷刷它的一双翅翼,
非常爱好清洁和讲究体面的样子。
也许这是对于美的一种亵渎,
应该拿 D. O. T. 来惩罚。
但是谁也不能证明它不是上帝造的,
谁也不能证明它在上帝眼中是一个
丑恶的存在。

1961 年

## 春寒

这料峭的春寒,
有点儿像是家乡。
不过满眼的绿意,
总嫌她来得太早。

微雨中,在台北的街头闲步,
我咬着烟斗,拿着手杖;
想起那憔悴的江南岸,
咳! 多么的令人苍老。

1962 年

## 新秋之歌

八月无诗。 而我有海豹的梦。
如今九月来了。 我多喜欢，我多喜欢，
像这样的薄凉，像这样淡淡的秋意。

我可以落几片发的叶子，从我的半仰着的
头上，
然后回忆一小段的往事，哼两句无名歌，
低低地，而且怪萧飒的，像一株落叶乔木。

是的，我是如此高大：我是属于梧桐科的。
所以我的调子，到了秋天，总带些儿伤悲。
而这是我喜欢的，我喜欢唱使人流泪的歌。

我唱的是梧桐叶落。 梧桐叶落。
而凤凰，凤凰呀，你怎么，怎么还不，
还不起飞，还不起飞呢？ ……

1962 年

# 诗人与饮者

## ——呈羊令野兄

UDUMBARA
二千年一开花；
花开时，金轮王即出世。

要是不呢？
佛说："由他！ 由他！"

而芝山岩的昙是年年开的；
年年开，年年有访花的珍客来。
诗人说："昙开日，岂可以无诗？"
而饮者，捻捻他的胡子，心想：
"要是无呢？ 由他。 由他。"

1962 年

## 一封信

像失手打错一张牌似的,
我寄出一封信。 便输了全局啦:
输了这一辈子,这两撇很帅的小胡子;
连这些诗,也一股脑儿输掉。

别问她是谁了吧! 我是输家。
不过,偶然,我也曾这样想:
要是把地名写漏掉几个字那多好……
总之,不该贴上邮票,投入邮筒。

1962 年

## 梦终南山

那不是秦岭的一部分么?
唉! 正是。 正是那最美的所在:
最令人流泪的。
而那是终南山的一块岩石。
我是坐于其上哼了几句秦腔
和喝了点故乡的酒的。
我曾以手抚之良久,
并触及其亘古的凉意。
而那些横着的云都停着不动了,
他们想看看我这"异乡人"的模样。
啊啊,可拥抱的,多么淳厚。
山下那冒着袅袅炊烟的小小村落,
不就是我渴念着的故乡终南镇么?
而我是哪一天从哪儿回来的呢?
咦? 梦婆婆呀,鸡怎么叫了的?
请让我留在这梦中不要哭醒才好……

1963 年

## 休止符号

——哭老友覃子豪

我还以为这不过是个休止符号罢了,
顶多一两拍,两三拍的样子。

你唱了一段,唱得是真好,真漂亮。
但你忽然停歇下来,寂然。——就不再唱了么?

我在等着;许多人在等着。 可是有谁知道呢,
这是一个多长多长的休止符号啊!

1963 年

**后记**:1963 年 10 月 8 日,我去探望子豪,他还能认识我。 9 日,再去看他,他已入于弥留状态了。 他表示了要和我永别的意思。 我紧紧地握住他的右手,对他讲了这几句话:"子豪,请安心吧! 你的事情,我们会替你办好的。 你的全集,我们一定会把它印得十分的漂亮,让你看了满意。"他的口角浮出一丝微笑,但已说不出一个字来了。 延至 10 日凌晨零时二十分,他终于逝世于台大医院。 我看到当天报上的消息,即骑车赴极乐殡仪馆,与鼎文、邦桢等写诗的朋友们会晤,决定于 11 日晚八时,假座"美而廉"三楼,筹商治丧事宜。 唉

唉！人生如昙花之一现，唯有文章是永垂不朽的。重读子豪得意杰作《瓶之存在》，回想当年订交于东京，复重逢于台北，一幕幕的往事，电视般呈现于眼前，不禁为之凄然欲绝，泪下如雨。又，为了子豪的死，我曾写了好几首哭他的诗，而以这一首为最佳，所以其余的就都不要了。

## 番石榴树下的祈祷

第一首

主啊结番石榴吧!
主啊降福给番石榴树吧!
主啊,当春天来了的时候,
让她开白色的小小的花,
当夏天和秋天来了的时候,
让她结累累的绿色的果子;
并且,降福给这树借以生长的
土壤、日光与水分,
也降福给种树的人吧!

第二首

主啊结番石榴吧!
主啊降福给番石榴树吧!
主啊,她不也是你当初造的么?
她涩涩的酸酸的味也是你赐她的。
而这既酸且涩的味恒给我以奇妙的灵感,
使我能够做诗来赞美你。
主啊! 主啊! 难道你不喜欢我的赞美,
反而喜欢那些魔鬼的门徒的咒诅么?
它们变形为害虫来戕害她的生机,

复化身为台风来摧残她的生命，
像这些坏事，你难道全不晓得么？
唉，多结几个番石榴吧，主啊！

第三首

主啊结番石榴吧！
主啊降福给番石榴树吧！
主啊，这树是我种的。
然而是你造的。 一切是你造的。
你说：番石榴是好的。
于是就有了番石榴树。
也就有了种树的我，做诗的我。
我的树，当然不同于伊甸园中
那棵结红红的禁果的智慧树；
而我也不是那个不会做诗的亚当。
我吗？ 我是你最新最得意的杰作。
愿圣灵与我同在。 阿门。

1964 年

## 等级

猫眼：一灰色之画面。深些和浅些而已。故我的绛色的新领带，狸奴老是把它看得和一条黑的差不多。而它也不晓得它那善歌的，雌的，狐狸般狡猾的异性之对象，竟是漂亮得有如一客三色冰淇淋哪。

惟狗亦然。既无所感动于塞尚的苹果，亦不发生兴趣于梵·高的向日葵。至于波特莱尔请其爱犬闻嗅巴黎香水之举，则尤其是一桩令人笑痛了肚皮的傻透了的傻事。唉，这世界，在它们看来，总是一律的灰色；而亦不觉其单调。怪哉！

而人目，除瞎子与色盲患者外，莫不是具有伊士曼天然彩色摄影机之性能的。单说紫、蓝、青、绿这一族类，就有数千万种；黄色和橙色，至少也有好几百；而红的更多。所以用殷红画苹果的塞尚万岁，用金黄画向日葵的梵·高不朽，还有用棕色画塔希提女人的高更也很伟大，很了不起。我学画不成，惭愧得很。但是我的诗篇，实在是充满了色彩的。而此即人之所以为万物之灵的一个凭证——乃是上帝所赋予的。

那么上帝的视野又是怎样的呢？ 这个，我不知道，也不敢说。 不过，我还是可以想象那不可想象的至极奇妙与无边华美的结构之不可知，以一个诗人的身份。 而任何人或超人的肉眼则无法看见它所看见的，正如我的猫之永不可能了解我对一半开了的玫瑰之注视何以如此之良久。

1964 年

## 狼之独步

我乃旷野里独来独往的一匹狼。
不是先知,没有半个字的叹息。
而恒以数声凄厉已极之长嗥
摇撼彼空无一物之天地,
使天地战栗如同发了疟疾,
并刮起凉风飒飒的,飒飒飒飒的:
这就是一种过瘾。

1964 年

## 春日

春日,窗外,小园的绿。
啊啊! 行将结累累的果实的第三度开花的番石榴树,
我昔日的恋女那么姿态美好而又晓得怎样打扮的。
那些白白的,小小的花朵:
她旗袍上的图案。
她喜欢从柠檬黄到橄榄绿的色调;
而讨厌那些热色和暖色,也不爱灰色。
但她终于涂了一次口红,搽了一次蔻丹,
在一个感伤的晚上,在一家夜总会里。
而她的幽幽的啜泣,
已成为我心上洗不掉的录音;
她无言但脉脉而绵绵的挥手,
生了新叶的番石榴树的柔枝那么不停地摇曳。

1964 年

## 人间

那些见不得阳光的,
给他一盏灯吧!
那些对着铜像吐唾沫的,
让他也成为铜像吧!

而凡是会说会笑的
洋囡囡似的可爱的小女孩,
请抱着丑小鸭米老鼠和狗熊
走进我的春天的园子来;

只要你不是塑胶不是尼龙
也不是赛璐珞做的,
就可以吃我树上的番石榴。

1965 年

## 过程

狼一般细的腿,投瘦瘦、长长的阴影,在龟裂的大地。

荒原上
不是连几株仙人掌、几棵野草也不生的;
但都干枯得、憔悴得不成其为植物之一种了。
据说,千年前,这儿本是一片沃土;
但久旱,灭绝了人烟。

他徘徊复徘徊,在这古帝国之废墟,
捧吻一小块的碎瓦,然后,黯然离去。

他从何处来?
他是何许人?
怕谁也不能给以正确的答案吧?
不过,垂死的仙人掌们和野草们
倒是确实见证了的:

多少年来,
这古怪的家伙,是唯一的过客;
他扬着手杖,缓缓地走向血红的落日,

而消失于有暮霭冉冉升起的弧形地平线,
那不再回顾的独步之姿
是多么的矜持。

1966 年

## M 之回味

赠我以一小串的茉莉花。
一小串。 一小串。 一小串的。
非洲土人木偶雕刻似的,
有一种神奇的美:

那么黑,那么瘦小,又那么干瘪;
憔悴得
像一截枯枝。

还很香,很诱惑,很有风度的哪!
六月的马尼拉

迈着茉莉花一般小小的步子。
而翌日……不,到七月,遂成为
至极高贵的象牙色的了。

1966 年

## 稀金属

没有故事。 没有场面和高潮。
沉默着又沉默着的
不是不表露的爱情,
不演奏的小梅奴哀特,
不跳的舞,不唱的恋歌之类;
而是一种禁止开采的稀金属——
连一小块的矿石都不许展示的

整个埋藏量的神圣。

1966 年

## 倘若我是

倘若我是一只孔雀,一只蝴蝶,
我想我不会不知道我是多么的可欣赏,
可以制成标本和值得一画的。

倘若我是一只蟑螂,一头猪,一条蛇
或任何一个丑恶的存在,可诅咒的,
那么,让我快快毁灭,毁灭得干干净净,
别教这难看的形象投其阴影于那些
风景,那些花;弄脏了一切美的。

倘若我是一棵树呢?
我就在这大地上生根吧。
倘若我是一朵云呢? 那太好了!
我将以冉冉之姿,悠悠飘逝。

可是我是一个诗人。
我不过是一个诗人而已。
诗人能做什么? ——
戴桂冠吗? 拿奖金吗?
不。 除了饮酒,想诗,用粗话骂人
和在这个世间受苦。

1967 年

## 祝福者

一天,我用我的右手
抚摩了一个小女孩的头发,
并给以祝福,她母亲多年的痼疾
就因而痊愈了。 又一次,
我用我的两眼注视了
一棵老榕的新枝,并给以祝福,
那园子的主人就因而添丁了。

我其实不是一个活佛,
或一个半仙之类的——
哪来这么大的神通?
不过,凭了我的真诚,
我总是乐于笑个微笑,
给人家以祝福而已。

是的,我是一个祝福者。
而凡是我所祝福的,
无不幸运,光辉而美好。
为什么? 我不知道。
也许这是一种不可思议,
一种灵感,一种玄,一种妙?
但我真的一点也不知道。

而我所知道的是：
我用我的爱心祝福万有，
这宇宙就继续膨胀下去；
要是缺少了我的祝福的话，
则宇宙将缩小为一点，
那便是世界的末日到了。

我曾祝早樱的福，
所以年年有二月。
但我忘了祝福我的狸奴，
它竟一去不复返了。

是的，我的祝福是神奇的。
这神奇，有诗为证。

我恒常为 5 而祝福，
因我生了五个儿女。
故 5 是好的。 5 是可爱的。
5 是幸福的象征。 说不定

善妒的 6 与 4 会提出抗议，
而 XYZ 及其他非 5 的数字
要加我以不公正的罪名。
则我除了唉的一声叹口气，
还有什么话可说呢？
但我祝福我的，微笑我的，

不管他喜欢不喜欢，怨恨不怨恨。
而对那些加诅咒于我的，
则给以一律的宽恕。 而宽恕，
　　宽恕啊，
　　　噢，这便是五。

1968 年

## 火焰之歌

那些是楔形的火焰,菱形的火焰。
那些恒作楔形菱形而自一圆锥体之底
冉冉升腾,升腾,升腾至一相当高度,
由赤红而转白,而发绿发青遂告猛烈燃烧
直上顶点的火焰是不可扑灭不可压抑的。

但这不过是一场内在自发的
火灾而已:不蔓延开去,不波及什么。
所以警察与消防队的介入是多余了。

而这火灾是既华美又神奇。
要是缺少了这个,则所谓的圆锥体
就也不成其为几何之一种了。

然则升腾并燃烧起来吧!
楔形的火焰啊,菱形的火焰啊,
自我的生命之华美的内部,
自我的生命之神奇的底层。

1968 年

## 演奏者

他们都看着你,他们都瞧着你,
他们都在倾听,在静静地欣赏。
有的仰视,有的俯瞰,
有的侧耳,有的屏息,凝神,
而无不陶醉者。

那些乔木,低着头。
那些小草,小花,踮着脚。
那些风,那些云,
都停着不动了。

所以山也青了,水也绿了;
而水中的倒影,多蓝啊。

太阳以其镀金的眼,
月亮以其镀银的眼,
众星以其镀镍的眼,
看着你,瞧着你。

那些昼,夜,四季,
那些天干,地支,
他们都在倾听,在静静地欣赏:

你,你,你,无弓的大提琴,
演奏沉默。啊沉默!

与万有相契合——
无谱,无声,
这才是音乐中的音乐,
美中之美。

1968 年

## 三月

三月像一个吻,
吻得一切众生怪舒服的;
而又半陶醉的,
像一杯红葡萄酒。

哼着三拍子的歌,
跳着波状的华尔兹的
三月来了。

穿着绣花短袄,
梳着两条长长的辫子的
三月来了。

有这么点儿大人气的
三月来了。
还不晓得什么叫做忧愁的
三月来了。

啊啊三月!
三月是一年中最美好的月份。
三月展出她最漂亮的风景。
三月献我以满山的樱花,

献我以遍地的杜鹃；
而我则用我的金的四行诗，
银的三行诗替她加冕。

四月嫌太迟。 二月嫌过早。
所以拿着手杖，咬着烟斗，
我也就欣欣然的
走进了这个花季来。

1968 年

## 看风景的

我老是喜欢站得远一点儿的。
远远地离开着。这样,我就可以
看山,
看海,
看那些风景。

是的,我乃是个看风景的。

也看人,看人性,
看灵,
看肉,
看那些圣贤多寂寞。
总之,看那个锥圆体;看那些火焰
恒作楔形与菱形的
冉冉升腾。

而我是什么样的帽子都不高兴戴。
不穿燕尾服,不戴大礼帽。
不戴呢帽,不戴草帽,不戴纱帽,
或是鸭舌帽,土耳其帽,法兰西帽。
也不裹头巾。
也不戴斗笠。

也不戴桂冠。
就这么着让长发纷披如槟榔树的叶摇曳于
风中：萧萧，飒飒，瑟瑟……

所以我么，我乃是个看风景的。
（而也是风景的一部分，人家说。）

所以我总爱离远些，静静地看。
看着看着，我就蛮富于音色地哼起来了。
但是我是不唱流行歌的。
我也不需要乐队的伴奏。
既不采菊。
亦不垂钓。
不是谁家店员。
亦非鲲鹏之类。

1968 年

## 海豹

在盛夏的正午,
我晒我白白的肌肤在烈日下;
在金黄的沙滩上,我躺着。

而当我从咸咸的,凉凉的,
蓝蓝的海水里,海豹一般爬出来,
我已变成海豹那么黝黑的了。

真的! 我宁愿做一匹海豹,
要是上帝许我选择的话。

1969 年

## 伤蝶

受了伤的蝴蝶,
已再不能起飞。

它那镀金嵌玉黑天鹅绒的一对翅翼,
究竟是怎样破损了的,断折了的呢?

那些图案,多么华美!

而总之,总之啊,
就连制成标本的资格
都没有了,都没有了……

1969 年

## 法海寺

法海寺的夕照,
葫芦形的白塔,
倒影于我小时候玩过的湖上,
绿杨深处宁静里带几分神秘。

天下美中之美景,
世界名画中之名画,
还能让我再看你一眼吗,
白塔啊,今生今世? ……

1969 年

**后记**:法海寺是扬州瘦西湖上名胜之一,我年少时常去写生的,至今还保有一幅水彩,再穷困些也不肯卖,亦不轻以示人。

# 五亭桥

五亭桥的风铃何其悦耳,
摇落了瘦西湖上的黄昏,
那种叮当最是令人神往;
还有那些朱红色的柱子,
抹以残阳多么的可怀念。

传说这是一夜造成功的,
乾隆皇帝下江南的当初。
不过桥的记忆已茫然了;
他只记得约摸四十年前,
有个少年常爱散步于此。

1969 年

**后记**:五亭桥也是瘦西湖上的美景之一,筑于湖面最宽之处,上有五亭,故名;而亭角之风铃,最是令人难忘的了。

## 墙上的小公主

墙上的小公主
虽然是用粉笔画的，
但是只要你能想象
她穿的是件红袍，
红袍上绣着牡丹花；
她戴的是顶金冠，
金冠上嵌着夜明珠：
她的眉眼多秀；
她说话的声音多美，
走起路来，
她的样子又是多么高贵，
她就活了。
她就走下墙来，
走进你的梦中，
向你微笑。
而你呀，你也就变成一个
骑白马的快乐王子了。

1969年

**后记**：不知是哪家的孩子，用粉笔在附近一道水泥墙上画了个"小公主"，线条是那么活泼，造型是那么优美，毕加索看了都会高兴起来的。我天天打从那里经过，总要停步欣赏她几分钟。而很想写一篇童话，交给《儿童杂志》去发表。三月里，忽听说该杂志已停刊，我就打消了这个念头。童话是始终没动笔，然而一首诗却产生了。像这样的一首"儿童诗"（不是儿歌或童谣之类的），要是杨唤还在世的话，我相信他不会不喜欢的。然则，让我凭着我的爱心、童儿和诗心，替那给我带了灵感来的小画家多多地祝福吧！

## 云和月

云横秦岭,云也横大屯山。
倘若我就是云,那多好!
云啊,你可知道? 在这里,
我朝暮西望,不见长安。

月吻淡水,月也吻扬子江。
倘若我就是月,那多好!
月啊,你可知道? 在这里,
我日夜西看,不见家乡。

1969 年

## 致春山

若非淫雨又淫雨,
像这样苗苗条条的二三月,
我为何说她不可爱呢?

况有盛开的樱花在日夜等着我,
而杜鹃也摆好了她们动人的姿态,
朵朵,株株,无不可以入画。

可是山啊,你秀绝的诸峰,
刚刚现出了一点儿轮廓,
怎忽又消失了那青翠?

啊,多年的知己,可望的春山,
想必早已猜透了吧,
我心中藏着的一句话……

1970 年

## 诗神与美酒

又是雨季三天三夜的下。
又是寒流一阵一阵的来。
又是 A2 大流行的季节。
又是口袋里没钱的日子。
说吧，唉唉，
你教我唱些什么呢，
我的诗的女神啊？

唱冬天来了春天还会远吗，
这种陈腔滥调你不爱听的。
那么让我唱金戈铁马，
来他一个豪放怎么样？
你却笑了一组冷冷的冷笑，
而且哼了一声低低的鼻音，
大提琴上一个 SOL 似的。

所以我只有独自沉没于
一只高脚杯的太平洋里
越沉越深算了——
隔壁小店好心肠的老板娘

已赊给我数瓶美酒。

1970 年

**后记**：一、A2 是一种流行感冒，很厉害。 二、也许有人觉得奇怪：开小店的"老板娘"，怎么可以入诗呢？在我看来，无论冬令救济她捐款多少，甚至一毛不拔都无所谓，也不管她美丑，年纪大小，有没有受过教育，认不认识字，只要她肯赊酒给我，那她就是一个"好心肠的"人儿，而且当然有资格入我的诗了。 三、洋人唱过的"冬天来了春天还会远吗"以及我们古人唱过的"金戈铁马"，这些名诗名句想必没有人不知道，这里就省点笔墨，不再下注解了。

## 连题目都没有

其实我是连月球之旅也不报名参加了的,
连木星上生三只乳房的女人亦不再想念她了,
休说对于芳邻 PROXIMA,
那些涡状的银河外星云,
宇宙深处之访问。

总得有个把保镖的,
才可以派他到泰西去——
怕他烂醉如泥,有失国体。
就算他是个有点儿才气的吧,
倘若搭错了飞机可怎么办呢?

1970 年

## 酩酊论

好像擦根火柴
便可将他烧成灰烬似的:
他一身酒香,老远的,
那气味就随风而至了。

不! 你应该这样说:
每一静脉与动脉里流着的
都是高粱大曲和威士忌。

唉唉! 我吗?
我只是在我自己心爱的
高脚杯中飘洋过大海
而终于触礁沉没了的
一只小小的纸船而已。

1970 年

## 酒人之祷

如果上帝瞧着这个世界不满意,
说要把它打碎了重新创造一个的话,
那么就请造成一只大酒坛吧!
而在坛子里面,每一滴都是陶醉。
啊啊陶醉,陶醉,永远,永远……
不再有战争,不再有饥饿,
不再有野蛮无知与黑暗,
也不再有吃人的纳粹主义带来的恐怖。
时时都是音乐的流动,
处处都是图画的展现,
没有一事一物不是止于至善。
至于那些女子,上帝啊,
请赐给她们以三只乳房吧!
三只比一双更美,
更少虚荣心,
更不善妒,
更贤良,温柔,
而又更加充满了爱情和母爱。

1971 年

## 春天的脚步声

你可曾听见春天的脚步声,亲爱的?
那是从去年十月就开始迈向我们这儿来了的。
节日的阳光下,秋播后,
当我把手上的泥土洗干净,
抽着烟斗,凝视着北方呈宝石蓝色之诸峰时,
就已经听见了那跫音,远远的,远远的,
来了。
像一根 E 弦那么轻微地颤动着又颤动着,
多醉人啊!

哦亲爱的,你有没有听见春天的脚步声?
是的,十一月的东北季风太猖狂,太不讲道理,
吹着,吹着,终于吹断了我那最最心爱的大理花。

说吧! 还有比这无情的腰斩更残忍的了么?
而在其大锣大鼓至极可憎的噪音中,
那美好的消息遂告暂时的沉寂了。
但我已从康乃馨、虞美人草和三色堇的相继萌芽
更清晰地看见了离着我们已不远的春天的身影:
是那样的苗苗条条,而又玉立亭亭的啊!

哦,亲爱的!

请不要说你尚未听见春天的脚步声好不好?
霏霏的细雨中,十二月的寒流下,
就在最早开放的第一朵橙黄色复瓣的金盏上,
她不是已在跳着三拍子的足尖舞了吗?

1972 年

## 向日葵

在盛夏,在这炎炎的夏日,
谁看见我手种的向日葵那狂开之姿的有福了。

金黄,高大,热烈而豪华:
被誉为"花中之英雄",
岂非当之无愧的么?

而再过几天,当暴风雨来袭,
我的可尊敬的朋友,
想必也是经得起那无情之考验的吧?

1972 年

## 总有一天

总有这么一天,
我的主治医师
会对 ma femme 说
他的病人
已无须禁忌什么了。
则我将笑他几声
孩笑;然后欣然出现于
朋友们为我举行的
饮者大会,
并高声吩咐侍者:

给我拿大杯来!
拿坛子来!
拿海来!
拿全宇宙来!

1972 年

**后记**:一、ma femme 为法语,我的老婆之意。 二、我之所以被大夫禁止饮酒,是因为怕酒精会使药力消失之故。 而我的生病,本不与饮酒相干。 请勿误会! 幸甚! 我的病名叫作"颜面神经局部麻痹",不是中风之类，没有生命危险，只要继续打针，迟早会痊愈的。这病不分男女老幼，谁都会上身的。但医生说，我的年纪大了，不如年轻人好得快。今年春天，听了他这句话，我一怒之下，就把胡子刮掉，当然，到我又把短髭蓄起来的时候，你们等着瞧吧，那便是我又可以喝酒的好日子来了。

## 我的梦

再没有比一首四行诗的第三行的第一个字
更重要的了,在这个一点儿也不重要的世界
上,我想。
较之那些纱帽,勋章之类的,
我宁可作无偿之苦吟以终老。
所以我的梦是很单纯:只重复一则故事。
惟有那些杯子、瓶子、坛子
各种形状的、各种颜色的、各种质料的
以及各种商标、各种牌子、各国各地各年代制
造了的
变来变去而已。 ……唉唉,而已。

1973 年

# 一朵石竹

居然如此之殷红啊,
你这小小的石竹。
初开之花,绒子般的,
而又闪耀着绸缎的光辉。

居然如此之殷红啊,
你这小小的石竹。
约一打浅灰色的雄蕊,
还带有几分天蓝的倾向。

居然如此之殷红啊,
你这小小的石竹。
啊啊! 我要流我的血,
去灌溉那春天的大地。

1973 年

## 四月之月

四月之月是淡淡的柠檬黄色的。
不晓得阿姆斯壮那永恒的脚印消失了没有?
什么时候让我到木星上去玩他一趟才好。
可是四十年后光速的宇宙船都不停小站的。
那就买他一张仙女座大星云的来回票怎么样?
从一个银河系到一个银河系——
冰冻了的百龄老人还有的是游兴哩。
而今天,我满六十岁,皎皎的月光下,
让我放一个誓言在高脚杯中:我要飞!

1973 年

## 致中国立葵

中国立葵呀,早安,
我童年的老相识。
在故乡,我记得,
你是那么高大,
而又够豪华的。

如今五月来了,
我手种的 Holly-Hock
怎还不开花呢?
也许你也像我一样,
是个怀乡病的患者吧?

1973 年

# 黄金的四行诗

——为纪弦夫人满六十岁的生日而歌

## 1

今天是你的六十大寿,
你新烫的头发看来还很体面。
亲戚朋友赠你以各种名贵的礼物,
而我则献你以半打黄金的四行诗。

## 2

从十六岁到六十岁,
从昔日的相恋到今日的相伴,
我总是忘不了你家门口站着玩耍的
那蓝衫黑裙的姑娘最初之印象。

## 3

我们生逢乱世,饱经忧患,
而女子中却少有像你那样的坚强。
我当了一辈子的穷教员,
夫人啊,你也是够辛苦的。

## 4

每个早晨,老远的看见你

拎着菜篮子缓缓地走回家来,
我一天的工作就无不顺利而快速
———路上亮着绿灯。

5

我们已不再谈情说爱了,
我们也不再相吵相骂了。
晚餐后,你看你的电视,我抽我的烟斗,
相对无言,一切平安,噢,这便是幸福。

6

几十年的狂风巨浪多可怕!
真不晓得是怎样熬了过来的?
我好比飘洋过海的三桅船,
你是我到达的安全的港口。

1973 年

**后记:** 此诗初稿于 1973 年 6 月 28 日,6 月 30 日修改完成。7 月 1 日,我太太过生日,于中午全家聚餐时,我当着女儿、媳妇、儿子、孙子、孙女共十二人的面,朗诵了一遍,并把原稿呈献给她,可说是天下最高尚的寿礼了。

## 又见观音

又见观音！ 又见观音。
谁晓得我心中究竟有多大的欢喜?
——我乃是这山水的知己。
不一定看正面仰卧朝天,
每个角度都有其可取处。

啊啊！ 久违了的故人,
还记得当年第一个攀登顶峰的饮者吗?
他竟西望海峡的那边而泪下如雨了。
如今,我独坐在这静静的沙洲上,
看基隆河是怎样的转了个半弧的弯
而徐徐流入淡水河愈益宽阔的下游去——
那银白闪亮且多涟漪的回旋像一大笔触,
何其有力又何其优美哟!
猛抬头见如黛如翠如蓝的山色
青一块绿一块的。 从山巅到山腰
还飘着些灰色和紫罗兰色的云雾哩。
浓淡、深浅、明暗、刚柔、轻重:
细描时,有许多许多的层次。
而那些线条是既单纯又奇异,
多么的多么的动人画兴。
噢噢,观音山哪!

在这两河合抱着的中洲里之尽头处，
我瞧着你，你瞧着我，你我无言而默契，
不也是朝朝暮暮相看两不厌的么？

1974 年

**后记**：1973 年秋，老友祝丰先生要我去海专给他代课，只有一个班，每星期二、六早晨各上两节课，不影响我的时间，又有校车接送，来去还算是方便的，我就答应下来，一切遵命照办了。我教的这个班，是船务科四年级明组，简称"船四明"，学生们尚属肯用功，我第一次去上课，就留下了良好的印象；而窗外山水如画，更是令人看了心旷神怡。就从那一天起，我已打心底里涌出了"又见观音"之大欢喜：我知道早晚总会成诗一首的。于是到了寒假，老祝因为事忙，海专的课无法兼顾，校方就正式聘我为讲师了。恰巧 1974 年 2 月，我自成功中学退休，这么一来，海专的职务，在我就更加显得有其重要性了。否则的话，我岂不成为一个无业游民了吗？当然，每周四节课的钟点费是很有限的。但我并不是为了多赚几个钱而去工作的。一方面，我是个教书成了习惯的人，另方面，我要去欣赏观音山的景色。就这么着，观察自然，有所感受，运用想象，组织情绪，而终于到达了一个"经验之完成"。这是今年四月里的事情。但是初稿虽已草就，还有两三个字不太满意，直到今天，方告全部杀青。这半年的时间，捻须苦吟，确实花了不少心血。如今诗成，看来还过得去，不也足以自慰且自豪了么？

## 年初四的祝福

年初四的血压：80—150
大夫说："很令人满意。"

于是高高兴兴地上了回家的公共汽车。
一位漂亮的小姐站起来让坐。 我谢了她，
然后又默默地给以祝福——

愿她有一个如意的郎君，
爱她，像我爱我的妻子一样；
亦不可以贪杯、酗酒，作不可一世状，
以免发生和我类似的毛病。

1974 年

**后记**：此诗作于 1974 年 1 月 26 日，也就是春节期间的"年初四"，故题为"年初四的祝福"。

## 卖豆腐的女人

卖豆腐的女人,有着颇美的音色,
每个大清早,都听见她的叫卖声。

但那并非什么金嗓子,银嗓子,
亦非富于性感的哑嗓子,尖嗓子,
而却闪耀着一种有如晨曦之光辉。

无论阴晴寒暑,嫩的或者老的,
都是热气腾腾,既新鲜又营养。
而当我们买好了她的豆腐,
然后开始又一天的工作,
就觉得这世界是多么的可爱,
这人间是多么的温暖。

愿上帝降福给这善良的女人,
也像我太太一样的多子多孙。

1974 年

## 十一月小夜曲

薄凉的十一月,而又是
不寐的十一月。 十一月的
夜色有一种说不出的美。
举头见好亮好大的木星
已悄悄、静静、缓缓、斜斜地
沉落向西南西。

哦! 西南西,那些旧游之地
也该入梦了吧? 这时候。
我乃哼了几句无名歌给自己听听,
而又为我自己的歌声所感动,
感动得流下了数行之眼泪
咸咸的。 嗯,咸咸的……

1974 年

## 新春之歌

当新年的春天悄悄来了时,
我将穿一套颇为时髦的服装,
搂着苗苗条条的二三月,
走进豪华的花季里去跳通宵。

于是到了四月二十七号,
一口气吹熄了蛋糕上的蜡烛;
然后就回到我的小阁楼,举杯自寿,
而且大声地喊我自己的名字。

五月和六月,我会拿着手杖,
在嘉南大平原上走去又走来——
因为这是早就同她们约好了的,
我要专诚拜访那些盛开的凤凰木。

躺在垦丁的海滩上晒太阳,
再没有比七月更舒服的了。
而八九月,无论有没有大台风,
我总应该做一次东部的贵宾。

至于十月,我是除了有酒便喝,
在人家主持的那些节日的朗诵会里,

被邀请了去念几首诗凑凑热闹,
想必也是推辞不掉免不了的吧。

十一月,我最忙。
直到平安夜望弥撒报佳音之后,
我才可以洗干净手上秋播的泥土,
拥威士忌的瓶子欣欣然而起舞。

1974 年

## 早樱

— 呈诗人胡品清

早樱有一种羞答答的美，
她的天性是不喜欢热闹的；
当人家的大合唱一开始，
她就静下来做一个听众了。

她也是桃色的，
她也年年盛开。
但是，看哪：
她的姿态何其文雅！
她的容貌何其端庄！

较之那些东洋品种，
那些名满天下的，
我们的早樱，早樱啊，
不高贵得，高贵得多了吗？

1975 年

**后记**：早樱乃台湾本土之所产，不同于日本的。前几天胡品清给我来了一个电话，我说我日内要去华冈看早樱。她告诉我，就在她的新居窗外，邻家的院子里，有一棵正在开。我想，她和那早樱"相看两不厌"，她真是多么的有眼福啊！

## 师恩

用立正的姿势，站在他钢琴的旁边，
手捧着五线谱，唱：昔人已乘黄鹤去……
忽然瞥见他大衣口袋里露出一小截的
那块人见人怕的红木板子，就不由得
两条腿直发抖，有点儿心慌了。

但我是班上的高材生嘛，
又是学校合唱队的队员，
有自信，绝不会弄错一个音阶
或半个拍子的；更何况这是我
最喜欢的一首诗，一曲歌。

可是，他火大了："手伸过来！
哪来的这么多颤音？ 怎么搞的？
又把最后一个愁字拖得太长。
给我记住：过犹不及。"
而他的话，竟比挨了的三下子还重，
而且，决定了我一生。

而在崎岖、坎坷、险巇、多蛇蝎、多荆棘的
路上，我是跌倒了又爬起，走几步又跌倒，
不知多少回了。 而每当我歇一会儿时，

我就看见了他的那张方形的脸,是那么庄严
而又充满了发自内心的慈爱的啊。

于是走着,走着,想着,想着,
终于悟出了黄金般的八个大字——
不中不和,就是不美。

1975 年

**后记**:一、小学五六年级时,教我们音乐的储三籁先生,是决定了我一生的恩师。 今天在教育界,我虽谈不上有何贡献,但至少从未误人子弟,这难道不应该归功于他的那块板子吗? 二、古人说:乐以治心。 这就是用音乐来陶冶性情的意思,有一种潜移默化的效果。 我想,如果不是从小就受到了恩师那种高尚的"情操教育"的话,恐怕我长大了也不一定会成为一个诗人吧。所以我特地写了这首诗,聊表不忘师恩之寸心耳。

## 重阳雨

早晚有点儿凉了,
淅沥淅沥的重阳雨
带二分秋意。

扬州城里,
那些高大的梧桐树,
宫太傅第的后花园,
不晓得怎么样了。

想必是连半只凤凰
也不飞翔的了!

惟有那些绛色的果瓢
年年九月还无声地飘坠,
在废墟上等待着
一个穿竹布长衫的少年
去一粒粒捡拾起来。

1975 年

**后记:**一、此诗作于今年 10 月 5 日,阴历是九月初一。而 10 月 13 日,就是九月初九重阳节了。 记得从前在大陆上，年年此日，向有登高饮酒吃重阳糕的习俗，倒也满好玩的。 二、扬州是我的第一故乡。 位于大街"南河下"的"宫太傅第"，我小时候就住在那里。 年年秋天，后花园里，满地的梧桐子，我总要捡拾几千几百颗，加点盐，炒了吃。 好香好香啊！

## 再出发之歌

瞧! 我已经摆好了一种
旷古未之有的再出发的姿势,
准备来他一个
没遮拦的最后的冲刺。

因为我错过了许多机会,
再不能轰轰烈烈而死。
但是面对着那些高山与大海,
我必须活得像个男子。

如今,我还有什么话可说?
就只有凭着这两条天赋的长腿,
大踏步奔向地平线的那边的那边的
那边,永不休止。

1976 年

# 梧桐树

在那几棵梧桐树的树干上
都刻有我的名字;
那是我小时候用削铅笔的小刀刻的,
距今五十年了。

啊啊半个世纪之久,岂不成了神话?
而我也从未想到竟会活得如此之老——
照道理,不满三十,就该夭折了的,
到如今,墓木犹未拱,那才怪哩。

想当然,那些落叶乔木
是一年比一年更高大了;
而我的名字,我的名字啊,
也跟着大起来。

1976 年

# 关于猫的相对论

### 第一首

猫乃全色盲的动物。

所以嘛,小姐,
你那花花绿绿的裙子
在它是毫无美感之可言的
这一点
可就怪它不得了。

### 第二首

别诅咒那黑猫。
被打断了文思的诗人啊,
静下来,侧耳而倾听吧——
它是正在唱着你年少时
常唱的恋歌哩。

月光下,屋脊上,
瞧! 它那至极高贵的
行吟之姿,不也大有
一种诗人的风度吗?

第三首

你大声地呼唤
你豢养的三色猫：
"回来！ 吃沙丁鱼，
新开的罐头。"

而在它的眼中：
这臣民，还算是
忠实的；不过礼貌
欠周到了点。

1976 年

## 怀乡病

又是蒙古寒流南下的季节了。
怎不令人想起小时候后花园中
那些高大的梧桐树
而黯然神伤呢？ 在这里，

在这个微笑着的海岛上，今天，
虽说有的是槟榔、椰子和蒲葵，
一棵棵够我抚摩的，
一列列够我检阅的，
而且还结着累累的果实，
摇曳着美好的羽状叶和掌状叶，
使这岛上的风景如一世界名画了，
但又有谁能带给我一大把
香喷喷炒熟了的梧桐子
以慰藉这多年沉疴的乡愁呢？

啊啊，乡愁呀乡愁！
不知要到哪一年哪一月哪一日
才能让我再拥抱和亲吻一下
那些栖息着有凤凰的梧桐树——
我小时候最最亲爱的朋友？

1976 年

## 读旧日友人书

读旧日友人书,
乃有众多管弦之音打从心窝里升起:
首先是一组嘹亮的喇叭,
像一群蓝色小鸟扑着翅膀;
而各种乐器的和声,
则有如波斯地毯之华美。

然后是变奏复变奏,复变奏,
从徐州高粱到金门大曲到旧金山的红葡萄酒
——几十年的往事,如看一场电影。
啊,这人生! 究竟是怎么搞了的呢?
忽听得大提琴的一弓,
似乎有谁在长叹,
竟是如此其悲凉啊……

1977 年

## 归来吟

卖豆腐的女人,无恙。
擦皮鞋的老乡,无恙。
经得起大台风之考验的
我那小小的木屋,
也无恙。

这也无恙。
那也无恙。
至于我手种的番石榴树,
则已结了十七八只果子,
在欢迎我的归来。

啊啊台北,我的第二故乡,
只有你,才是值得我留恋的,
因为你是世界上待我最好,
和最美丽的一个地方。

1978 年

## 月光下玫瑰前

你是爱玫瑰的诗人，
所以为了玫瑰而死。
不过那是十九世纪的里尔克，
而非二十世纪的路老师。

路老师也是个玫瑰的知己，
但绝不死于玫瑰。
为什么？ 等一等。

你是爱月亮的诗人，
所以为了月亮而死。
不过那是唐朝的李白，
而非今日之纪弦。

纪弦也是个举杯邀明月的，
但绝不死于月亮。
为什么？ 等一等。

月光下，玫瑰前，
我一面抽着烟斗，
一面在想着月球上阿姆斯壮的脚印，
和二次大战期间盘尼西林的发明者，

觉得他们很是伟大,真正伟大,
简直没有一个做皇帝或总统的,
做宰相或国务卿的能够比得上。

而诗人呢?
诗人只是凭着点儿才气,
为真为善为美而歌唱。

1979 年

## 茫茫之歌

无论唱歌或是跳舞,
你总是茫茫的,茫茫的。
无论三拍子抑二拍子,
高歌,长啸,或是低吟,
你总是茫茫的,茫茫的。
无论起居或是睡眠,
无论沉思,冥想,不高兴,
或是忽然狂喜,忽然大怒,
　　又忽然肃穆了起来,
你总是茫茫的,茫茫的。
哦! 太平洋,你知不知道呀?
我朝暮凝视着你的两眼带点儿
泪痕的,也茫茫了,也茫茫了。

白天,有海鸥在翱翔,
夜晚,有灯塔在明灭,
哦! 太平洋,你的风景
实在是看不完也看不厌的,
但总之是茫茫的,茫茫的。
或晴或阴,或雨或风,或凉或暖,
你总是茫茫的,茫茫的。
雾来雾去,云散云聚,有船没船,

你总是茫茫的,茫茫的。
啊啊! 就在你茫茫的那边,那边,
我的故国也茫茫,
我的家乡也茫茫。

啊啊! 茫茫……

1980 年

## 上帝创造春天

上帝创造春天。

而我是工作在春天的院子里的
一名辛勤的好园丁。

上帝赐福于我。

我则用各种属灵的乐器和心上的歌声
来赞美上帝,以我的数以千计
不为世人所了解的诗篇。

1981 年

## 致上帝

上帝啊,你在哪儿? 你在哪儿?
我怎么老是看不见你的容貌,
听不见你的声音,
也无法触及你的衣袍?

而你那无所不在,无时不在,
至极神奇美妙不可思议的存在,
当然不是像我们这种渺小得可怜的人类
之所能感知,所能想象的。

但我想了又想,想了又想,忽然有所觉悟:
原来你是不可见而可见,
不可闻而可闻,
不可触及而可以触及的啊。

我从一朵玫瑰的盛开有所触及,
我从一只百灵鸟的歌唱有所听闻,

而且，我看见了庄严灿烂的星空，那永恒的秩序——
噢！ 这便是上帝。

1981 年

## 铜像篇

我已不再高兴雕塑我自己了:
想当然不会成为一座铜像。

从三十年代到七十年代,
始终立于一圆锥体之发光的顶点,
高歌,痛哭与狂笑,
睥睨一切,不可一世,
历半个世纪之久,
把少年和青年和中年的岁月挥霍殆尽,
而还打算扮演些什么呢,今天?
去照照镜子吧,多么的老而且丑。

不过,我确实知道的是:
除了这身子的清清白白,
一颗童心犹在。
所以我是属于有灵魂的族类,
上帝之所喜爱的。 然则,然则,
你们这些企图引诱我的魔鬼呀,
还不给我滚开? 给我滚开!

1981 年

## 七十自寿

既不是什么开始,亦尚未到达终点,
而就是一种停,停下来看看风景;今天
在这个美丽的半岛上作客,
我已不再贪杯,不再胡闹,
不再自以为很了不起如当年了。

让我独自徘徊,消磨岁月
在这属于我自己的小小的后院里
是好的:我乐于和十来棵
品种不同的玫瑰厮守着,默契着,
相看两不厌,无言以终老。

对于国家民族,我是问心无愧。
对于列祖列宗,子子孙孙,
以及毁我的誉我的同时代人,我想
我也已经交代得清清楚楚的了。 ——
然则,你还有什么可遗憾的呢?
你还有什么可遗憾的呢,今天?

咦,怎么搞的! 难道你还想再爬一次天梯

去摘他几颗星星下来玩玩吗？ 纪老啊……

1982 年

**后记**：一、此诗起草于 1982 年春，直到 7 月 31 日方告完成，是我寄回台北向朋友们交卷的一个最新的作品。 其开头一节的一个"停"字和末尾一节的一个"咦"字，我用得很得意：这叫作"诗眼"。 画龙而不点睛，则龙将何以起飞呢？ 画有画眼，诗有诗眼，道理是一样的。 二、我出生于 1913 年 4 月 27 日，要到 1983 年的这一天，我才满七十。 我一向讲实足年龄，而不讲虚岁。 可是各方亲友，依照中国人的习惯，都已纷纷向我祝寿送礼来了。 却之不恭，只好收下。 但我坚持我的规矩，要到明年，我才请客，今年过小生日，照例一概不请。 三、古人说：人生七十古来稀。 今人说，人生以七十为开始。 这两句话，在我都不适合，都用不上。 所以我就发明了一种"停"，而"停下来看看风景"，不亦自得其乐乎？

## 相对论

向地球及其卫星说再见。
向太阳系说再见。
向银河说再见。

我们乃是些所谓的性情中人,
一向生活于一有情世界。
所以瞧着你们那些奇特古怪冷冰冰的数字,
我摇摇头,说不懂,这一点
应该是可以原谅的。

你点点头,说有道理,
于是你就一个箭步回到了唐朝;
而我却欣欣然买了张头等舱票,
上了仙女座大星云直达的宇宙船。

1983 年

## 小城初履

带点儿肉红色,女体般的光滑,
好像天生就是如此赤裸着的,
那棵不知名的落叶乔木,
曾被我伫足凝视和抚摩过的有福了。

哦! BURLINGAME,
你这半岛上静静地躺着的小城呀,
怎么会有那么多夹道而植的参天的古木呢?
想必都是百多年前那些有心人种了的吧?

啊啊! 多么的可欣赏,可陶醉,
多高,而又多美! 那些遮阳的大树,
看来似乎每一棵都各有其与众不同的个性,
也像我们这些诗人一样。

而在那炎炎夏日的浓荫下,
我不是已经欣然接受我的女主人的邀请了吗?
十一月,当她从非洲倦游归来,
我还要再去检阅那些换了装的仪队一趟。

1984 年

**后记**：1984年7月25日上午十一时，按照事先电话中约定了的时间，美国女诗人魏金荪夫人（Rosemary C. Wilkinson）开车前来接我到她家去玩玩，送给我许多书，许多橘子，以及她手种的大批蔬菜，还请我在当地一家中国餐馆里吃了一顿饭，谈得很是高兴；直到下午三时，才又开车把我送回三藩市来。她家住在Burlingame（旧金山湾区卫星城镇之一）已有二十多年了，我第一次往访，留下了至极深刻的印象；特别是那些美丽的并木道，有如世界名画一般，简直令人喜爱得一步也不忍离去。回家后，我一直在想念那些树，又梦见那些树，遂成此章。

## 观照

我看我的南山；我的南山看我。
早晨，我们在雾中相看。
中午，我们在阳光下相看。
夜晚，我们在星月下相看。
有时，我们也相看在风雨里，
而总是相看两不厌的。

我们都很欣赏你的表演：
那的确是天下第一流的。 棒极了！
哪里，哪里？ 我只不过是个看风景的而已。
我哪里会演什么戏呢？ 别过奖啦，先生！
会的，会的。 你那看风景的姿态，
那神往，那陶醉，那表情，
不就是一幅最最美妙的世界名画吗？

然则，看风景者，人恒看之，
这便是所谓的"观照"了吧？
李白看我。 我看渊明。
而醉了的老陶，他是什么都不看的。

1985 年

## 在太平洋遥远的那一边

遥远的,遥远的,在太平洋遥远的那一边,在世界上最大一个海洋的那一边,那里有我的家乡在。 遥远的,遥远的,遥远的……

那是太远太远了,因此我无法看见他,无法听见他,无法触摸他,和无法闻嗅他。 但是时常会有一幅清晰的图画浮现于我的脑海中,当我想起他来。 我当然可以看见我的亲戚们,我的邻居们,以及其他的人们。 我当然可以看见那城市,那乡间,那些河流和那些山脉。 我可以看见我家乡的任何事物在我的心中清清楚楚地。

我也可以看见五棵美丽的梧桐树站在那老宅的后院里。 她们是我最亲爱和最重要的朋友在我的一生中。 她们记得我童年时和少年时的许多故事。 唔,现在风是正在吹着,我可以听见她们的声音了。 她们正在谈论我的恋爱,我的婚姻,我的幸福,我中年时的奋斗与成功,以及二次大战后我的不得不离去。 她们深深地怀念着我,也像我一样深深地怀念着她们。 哦上帝! 别让任何人伤害我的那些树! 我曾用小刀刻我的名字在每一棵树干上，当我十几岁时。而现在，她们一定是长得更高大了，我的名字也大起来。

哦，我的五棵美丽的梧桐树！我非常非常的想念她们。但是她们离我太远太远，以致无法看见她们，听见她们，触摸她们，和闻嗅她们。遥远的，遥远的，在太平洋遥远的那一边，在世界上最大一个海洋的那一边，那里有我的家乡在。遥远的，遥远的，遥远的……

1986 年

## 半岛之歌

> 陶潜:"闻多素心人,乐与数晨夕。"

有一位诗人住在 Burlingame,
那儿有许多大树我拥抱过的时常在想念我。
有一位诗人住在 Pacifica,
在那里,青天,碧海,和金黄色的沙滩
我欣赏过的永远不会忘记我。
还有一对诗人住在 Campbell,
我将于下星期前往该处作首次的访问。
还有其他诗人住在其他地方,
在那个美丽的,奇异的,和多诗的半岛上。
他们全是我的朋友,好朋友,亲爱的朋友,
特别的朋友,和重要的朋友。
当然,我很喜欢他们而他们也很喜欢我。
我想凡诗人都应该居住在那个半岛上,
思想在那个半岛上,
和写作在那个半岛上,
正如众恒星在银河里发光,
天狼,织女,北极星,猎户的腰带,
大熊,小熊,双子星座,等等。
昨晚,坐在明亮的月光下,
我和我妻商量过了:

"我要搬到那个半岛上去
居住于某一小城镇,
诸如半月湾,红木城,
南三藩市,或是 Palo Alto,
因为我也是一个诗人,
一个太阳,或
一个发光体。"

1987 年

**后记**:一、此诗完成于 1987 年 7 月。 二、三藩市位于旧金山半岛之北端,其南方,棋子一般散布着许多的小城镇,而各有其特色与不同的情调,例如女诗人魏金荪夫人(Dr. Rose-mary C. Wilkinson)所居住的 Burlingame,女诗人玛丽·纳恩(Dr. Marie L. Nunn)所居住的 Pacifica,夫妇诗人 Dr. Edwin A. Falkowski 和 Dr. Bohumila Falkowski 所居住的 Camplbell,其地名非常之诗意的 Half-Moon Bay,女诗人陈敏华及其夫君画家张绍载所居住的 Red-Wood City,以及 South San Francisco 和 Palo Alto,这些都是,而没有一个我不喜欢的。 三、然则,我真的会离开这个繁华的大都市而搬到乡下去住吗? 你们猜吧。

## 号角

有一只号角
被尘封于
一排古老的仓库里,
始终也没有谁
走进去
把它拿起来

吹响。

1987 年

## 战马

在没有炮声的日子,
不再长嘶引颈了的战马
还是那么习惯地,
精力饱满地,
跃跃欲试地
举起前蹄来

作奔驰状。

1987 年

## 春天的俳句

1

春天来了时
我用诗画山画水
也画我的梦

2

春天喜欢我
而我也喜欢春天
有诗为证的

3

春天来了时
让我们比赛做梦
看谁的最美

1989 年

## 给后裔

我的孙儿的孙儿的孙儿,
立个志,去做太空人吧!
去访问仙女座的大星云吧!
那涡状的,多美丽呀!
她是我们最近的一位好邻居。
而当你们超光速的太空船
登陆在那边某一太阳系
之某一类似地球的行星时,
请回看一下自己的家乡银河系,
究竟像不像一个车轮?

啊啊! 我的多么有出息的后裔,
到那一天,你们一定要把我这首诗
在另一世界上当众朗诵一遍,
好让人家知道,你们的老祖宗,
这位二十世纪中国的大诗人,
对于未来,真正是多么的有信仰。
他的希望无穷无尽。
他的梦想无际无边。
他说那不是不可能实现的——
从一个岛宇宙到一个岛宇宙,

人类

    人类

        满天飞。

1989年

**后记**：一、仙女座大星云，呈美丽的涡状，如果天晴，那是肉眼也可见的。 二、天文学家说我们自己的银河系是轮状的。对此，我从小就不太相信。而只有当人类飞到了银河外，方可予以证实。 三、我确信我们的太阳系不是唯一的，地球与人类也不是唯一的，在这个大宇宙里。无数亿万年后，总有一天，地球人类的太空船，会得降落在其他岛宇宙其他太阳系之其他有人类的行星上的，我确信。

## 心灵之舞

我常坐在火车上写诗,
因为这是一种习惯。

正常人的脉搏,
总是很有规律的。

所以我的心灵之舞,
怎么可以不合乎节奏呢?

但是这种节奏,绝非尔等肉耳
之所能感觉到的罢了。

1990 年

## 读寒山诗

寒山留美，碰上一群嬉痞，
晚于《大鸦》作者爱伦·坡之留法。
而总之，这不也是一大讽刺么？

一九七〇年，我从汉城带回来一面鼓，
那是因为老许翻译了我的《船》，
每个考大学的女生都会背的。

但在我美丽的第二故乡，怎么搞的？
一把狞笑着的黑刀，
差点儿把我的脑袋砍掉！

所以我必须发出声音，
不断地且大声地发出声音，
以证实我的存在。

1991 年

## 梦观音山

山姿与山容，山色与山味，
山心与山灵，山想与山梦……
啊啊！ 说都说不尽，写也写不完。

我的梦中之山大起来了。
我的梦中之山唱起来了。
他唱的是："纪弦啊，你在何方？"

请别问，我是怎样哭醒了的。
也别问，是谁拭干了我的眼泪。

而总之，我是观音山的知己。
袁山松，不早就说过了吗？

1991 年

## 致终南山

终南山啊；你多美呀！
美在我的梦中，
美在我的心中，
也美在我的诗中。

我从未见你的山姿与山容，
但我可以想象你的山色何其苍翠，
我就青一块绿一块紫一块地
在我的画布上涂抹了又涂抹，
还加上几朵白云冉冉地飘逝；
而淙淙与溅溅的山泉
也在我的五线谱上小夜曲一般
开始演奏了起来。

哦终南山：你多美呀！
你不是秦岭的一部分么？
而且是最美也最诗的一部分，
鳌山垕水，带点儿江南风的。
是的，你说。 你的声音
我听见了，隔着茫茫的太平洋，
来自遥远的西岸之西。
啊啊终南山：你遥远的声音

竟是如此的温柔,温柔得令人落泪,
慈母般,正在呼唤
海外游子之名。……

1991 年

## 赠内诗

散步时,互为手杖。
亦互为听众,互为观众,
在老人公寓里。
一旦发生了问题,
则互为智囊团。

有如两棵柏树,
有如一对红鹤,
你我长相厮守;
又好比天狼及其伴星,
永不分离。 哦! 太座:
直到今天,我才
知道,你多重要。

你比全世界所有的女子——
那些电影明星,那些尤物,
那些金嗓子,银嗓子,
那些中国小姐,美国小姐,
那些高贵的第一夫人,
甚至那些女诗人们

都
　更
　　重要。

1991 年

## 山水篇

我不也是风景的一部分么?
当我陶醉于那些山水之中,
在那梦中。

山动,
水动,
而我不动。

山的苍苍,水的茫茫,
我描了又描,绘了又绘,
在我的记忆的画布上,
却始终不成其为一个作品。

我的山是秦岭。
我的水是长江。

啊啊!
山也不动,水也不动,
而我恒动。

1991 年

## 为小婉祝福


鱼两尾,蛙四只,
一百八十个大黄蜂,
和数以千计的苍蝇,
都成为太空梭"努力号"上的旅客了,
今天,一九九二年九月十二日,
自卡纳维尔角顺利升空。
啊啊,多好玩! 多有趣!
而这是我的祖父母,我的父母,
甚至我的一些同时代人,
就连做梦也没想到的事情。

但是我是很会做梦的,
我的梦比谁都更长更远也更美。
哦小婉,我最小的孙女:
再过十六天,
就是你满周岁的生日了。
除了蛋糕新衣和玩具,
我还要送给你一首诗,为你祝福。

我梦见你从火星基地出发,
率领着三十名部下,
前往土星光环,
去和你的未婚夫举行婚礼;

然后，你们在冥王星上度蜜月；
而于周游太阳系之后，
你们重返地球老家，
接受一次英雄凯旋式的盛大欢迎；
庆功宴中，你还当众朗诵了我的诗，
以证明你的血统何等高贵，
不是个普通的老百姓。

啊啊多好，多好！
我亲爱的孙女小婉：
你一定要立志做个太空人，
做个伟大的太空人，
而不要当个银行经理，公司老板，
或是竞选什么州长之类的，
那多平凡，多么的没出息。
至于你的孙辈，孙辈的孙辈，
就让他们继承你的事业，
驾驶着超光速的宇宙船，
飞到遥远遥远的银河外去吧！

1992 年

**后记**：我最小的孙女小婉，诞生于 1991 年 9 月 28 日，到今年这一天她就满周岁了。这孩子，既聪明，又美丽，人见人爱。我本来已拥有八个孙男八个孙女，而她是大排行中的第十七号，我最疼爱的。

## 八十自寿

我正在向前看。 你看见了什么?
我看见了发光的未来。 我看见了七彩的明日。
我看见了那些蛋糕,那些很好吃的蛋糕,
插着蜡烛九枝,十枝,乃至十二枝的,
她们已经排好了队,笑着微笑,
甜甜地,在等待我的检阅。
还有那些金杯,银杯,红蓝宝石杯,
和用月岩制成的至极名贵的高脚杯,
都已经斟得满满的,唱着歌,在向我致敬,
和等着我去把他们举起来,一饮而尽;
金门高粱,洋河大曲,贵州茅台,山西汾酒,
都是白的,白的,白的,白的,我最喜爱。
嗯,凡我饮过的杯,掷过的瓶,有福了。
凡我种过的花和树,养过的猫和狗,有福了。
凡我爱过的人,有福了。
凡我行过之生命,皆有诗为证。
凡我体验过的人生,皆留下了一步一个脚印,
够你们去数的了,朋友们。
别问我八十年来有何遗憾和后悔,
我是只管向前走,而不再回顾的。
我懂得饥饿。 我享受寂寞。 我赞美上帝。
也许我曾犯过什么错误,无意间伤害过什

么人,
但是莫须有的罪名,我怎能接受呢?
我手上没有血,我心里也没有阴影。
对于国家民族,我是问心无愧。
对于列祖列宗,子子孙孙,以及同时代人,
我想我也已经交代得清清楚楚,不欠着谁
的了。
至于谁是欠着我的,那就甭提了吧。
毁我,誉我,褒我,贬我,悉听尊便。
是的,我正在向前看,向前走,不再回顾。
还不快点把那瓶四川五粮液给我打开来吗?
孩子们! 孩子们的孩子们!

1993年

## 我之投影

我投影在这个行星上,
自东而西,渡海,登陆,越过山岭与河川,
瞧!
竟是如此之修长啊!

……不是不可以
剪贴在你的 ALBUM 上,
以作为一句谎言
之最最有力的物证的。

1993 年

## 如果我的诗

如果我的诗散发出一种
有如巴黎香水之香味，
那就请你们千万不要用
波特莱尔的狗一般的鼻子来闻嗅！

如果我的诗呈现出一种
雨后如虹之七彩，
那就请你们千万不要用
我的猫一般的金色盲的眼睛来观看！

如果我的诗当我轻声朗诵时
我的爱人听了居然感动得流下了眼泪，
则我将说
没有白活了这一辈子。

如果我的诗朗诵
上帝听了喜欢并给我以许多的祝福，
则我将不再梦想
什么诺贝尔奖金之类的。

唉唉，如果我的诗……

1993 年

## 人类的二分法

人类的二分法,
不止是男人和女人,好人和坏人,
或中国人和美国人。

而在我看来,应该是:
诗人与非诗人。

只要他是一位诗人,
无论古今中外,
凭其作品,够水准的,
我都会以他为荣,向他致敬。

别问他是干什么的!
当海盗,也没有什么不可以。

1993 年

**后记**:一、此诗初稿于 1993 年 6 月 30 日,而修改完成于 7 月 1 日。 二、西洋文学史上,曾述及一位海盗诗人,其诗甚美。 不过,他的姓名,我忘了。 三、我们中国人也有一句俗语说得好:盗亦有道;四、然则此诗最后一节,神来之笔,我真的很得意,岂可不许我浮一大白以自寿乎?

## 年老的大象

年老的大象,在它死前,
无论漫游到了多远的地方,
总要设法走回它幼年饮水处,
巡视一番,作一生之回忆,
如此,它就一无遗憾了。
而我,我也要在我有生之年,
飘洋过海,从一个洲到一个洲,
回到我久别的故国,家乡,
去看看我小时候放风筝的广场,
把百万字的自叙传写完,
然后含笑倒下。

1993 年

## 输家

在诸神竞技的足球场上，
上帝是个输家。

不知怎么搞的，
他老人家踢出去的那只橄榄球，
虽说是百分之一百三十地正确，
却未能得分，而且，那球，
也已经不知去向了。

因为撒旦所把守的
乃是一道"反物质"的球门，
就连一粒小小的原子
也无法进入的。

1993 年

# 直线与双曲线

陶潜与我共饮，
说他很喜欢我的诗；
而我的朋友洛夫
则走向王维。　　当然
这不是陈子昂
和你们那些不读相对论的
文武百官之所能理解的。

而在幽州台上，他的那些眼泪，
经化验，被证明，
也和三闾大夫、陈思王、
写古池的芭蕉以及《雾》的作者
C·桑得堡等等差不多。

谁没哭过？　我也哭过。
可是哭的方式大不同，
哭的声调也两样。
因为你们的时间成一直线，
而我们的走双曲线。

是的，时间走双曲线，
描着不规则的圆弧，

描着,描着,复相交着,
乃构成许多的"点"。

因此,我可以叫暂停,
立于任何一座标,
无论属古人的或来者的,
属东方的或西洋的,
去欣赏那四度空间的风景,
至极华美,不可思议;
而且和神对话,与 ET 共舞——
一种很过瘾的心灵之舞。

1993 年

## 动词的相对论

为了取悦于我的女人，
让我看来性感一点，
我常用手捻捻我的两撇短髭，
使之向上微翘。

这和一只爱干净的大头苍蝇，
停歇在我的书桌上，
不时用脚刷刷它的一双翅翼，
究竟有何不同呢？

我捻捻；它刷刷。
我用手；它用脚。
我是上帝造的；而它也是。
多么的悲哀哟！

1994 年

## 关于笑


我总是嘲笑嘲笑我自己,
每当我一下子搔到了我自己的痒处;
或是某种潜意识,在梦中,
偶然
　　现出了
　　它的原形。

我总是嘲笑嘲笑我自己,
　嘲笑嘲笑我自己,而已,而已。

我从不哈哈大笑。
也不狞笑。 也不谄笑。
也不狂笑。 也不傻笑。
也不暗笑。 也不冷笑。
也不嘿嘿嘿嘿嘿嘿地红笑。

除了嘲笑嘲笑我自己,
有时候,我也会苦笑一下。
那便是当人们误解了我,
或是加一个莫须有的罪名于我,
或是硬把我的籍贯改为湖北省,
或是硬把我的年龄减少了十岁,

弄得我无法申冤,有口难辩,
那就只好笑他一个苦笑拉倒。

但我经常微笑,此乃长生之道。

1996 年

## 蜗牛篇

亿万年前，亿万年后，
在这两者之间，这中间的一点，
从一九一三到二〇〇三，
当我有一个偶然而短暂的存在，
什么是我所思维的、感觉的和表现的？
曰"诗"而已。

是的，我就是为诗而活着，
亦将为诗而死去，此外，无他。
我思维。 我感觉。 我表现。

但我写了一辈子的诗，
不晓得究竟有几个人完整地欣赏。
就算是成为诺贝尔奖金的得主了，
那也不过只是有如一只蜗牛
从这边爬到那边辛辛苦苦地
所遗留下来的一道

有点儿发亮的痕迹罢了。

1996 年

**后记**:今年我满八十三岁,还差七年,怎么就写出了像这样的一首诗呢? 曰:过八望九,不是不可以预先来他一个九十自寿的。 自寿乎? 哈哈! 自嘲亦兼嘲人而已。 但这并非什么虚无主义,也谈不上什么人生哲学,别胡说八道了,你们!

## "酒鬼"颂

> 此乃酒中之极品也。诗人洛夫为之命名,一时传为诗坛佳话。一九九六年夏,我应诗人梅新之邀,前往台北开会,诗人向明送我一瓶,大有一种"宝剑赠英雄"之概。至于此酒究竟好到什么程度,妙到什么地步,纪弦曰:有诗为证。

还有比"酒鬼"更过瘾的了吗,
在此世? 当代酒仙笑着说。

非常之强有力地闯进来;
过了一会儿,渐渐渐渐地,
就变得很温柔的了。

啊啊,"酒鬼","酒鬼":
你多香! 你多醇! 你多可爱!
多么值得一醉啊!

李白李白飘飘然。
陶潜陶潜飘飘然。

就连站在米拉堡桥上的阿保里奈尔
也举双手表示赞成,说"硬是要得",
虽然他连一小滴都没有尝过。

1996 年

## 哭老友徐迟

从久病的病榻上
下来，走过去，推开窗，
那纵身一跃之姿
何其英勇
又何其优美哟！哦诗人：
当我挂上电话，不觉已是热泪盈眶，
我就看见你的灵魂正在翱翔。

飞着，飞着，越过了
可以看大江东去蛇山顶上的黄鹤楼；
飞着，飞着，一会儿
就到了没什么好玩的月球；
而在检阅了几个行星之后，
遂告别了太阳系，又告别了银河，
前往宇宙深处，去赴那
蓝袍金冠诗的大神之邀宴。

荷马、但丁、屈原、陶潜、李白、杜甫、
阿保里奈尔、桑得堡、艾略特、戴望舒、
鸥外鸥以及早你一步到达的艾青，
他们正在列队欢迎你的大驾光临。

唉唉！ 我三十年代的老友啊：
还记得吗？ 当年，在上海，
我们在一起玩得多有趣。
我们踩着法国梧桐的落叶，

手携着手，在霞飞路上散步。
我们饮酒。 抽烟。 喝咖啡。
瞒着太太逛舞场，泡舞女，
用火柴计数。 你还时常
摸摸我的黑西装十四个口袋，说：
好像每一个里面都藏有一首诗似的。
然后，我又摸摸你的。
你就哼起歌来了——
大概是《蓝色多瑙河》吧，
可以跳三拍子的华尔兹。
你二十，我大你一岁。
可不是吗？ 像这样的一种友谊，
真是多么的纯粹！ ……

1996 年

**后记**：阅报惊悉老友徐迟已于今年 12 月 12 日逝世，我心里好难过。 22 日接到此地一位作家电话，说他知道徐迟是在医院中跳楼而死的，大概是由于久病不愈自求解脱吧，他说。 于是从 12 月 23 日开始，我就动笔写这首诗，直到除夕，方告完成。 相信老友在天之灵，一定会听见我的哭声的。

## 上帝说的

上帝说光是好的,于是就有了光。
上帝说银河、太阳系和地球是好的,
于是就有了我们这个美丽的岛宇宙,
以及其他银河外星云、恒星与行星。

上帝说地球上的恐龙是不好的,
于是就没有了恐龙,无论吃树叶或吃肉的。
而在六千五百万年前,当恐龙灭绝后,
上帝又依照他自己的形象把人类造出来;
而人类中之诗人,则系上帝所最最宠爱的。
但是有些诗人长寿,有些诗人短命,
请问这究竟是什么原故呢?
上帝说:纪弦是好的,所以他将成为人瑞。
至于杨唤,上帝说:他并非不好,
不过我需要他,所以他就提早来了。

唉唉,杨唤,三月七日平交道,
四十多年了,朋友们永远不会忘记。

1997 年

## 废读之检阅式

请你们大家排好了队,
用立正的姿势,让我检阅,
瓶子们! 金门高粱,
山西汾酒,茅台,五粮液,
俄国伏特加,美国威士忌,
还有一些最新也最美的,
湖南"酒鬼",全都空了。

不也是天下第一流的吗?
瞧那仪队,属于我自己的。
而除了把他们检阅一番,
像个大将军的样子地,
我还能做什么,今天? ——
连一小杯都没得喝的了!
什么万古愁不万古愁的?
又是什么留不留其名的?
废读! 废读! 一概废读!

可是,听着,瓶子们:
如果你们站不好,不整齐,

歪歪倒倒，醉醺醺的，
那我就要用我的桧木手杖
把你们一个个的宰掉。

1997 年

## 没有酒的日子


每当我拥空了的威士忌瓶而起舞,
就想到那些环肥、燕瘦——
毕加索描了又描,马蒂斯绘了又绘的
那些丫头片子,一点儿都不好玩了。

至于我自己的画室呢,
那三个特选的模特儿呢,
不早就毁于侵略者的炮火,
死在鬼子们的刺刀下了么?
所以我就把船票退回旅行社,
把护照还给外交部,而且索性
把画笔、画板、画布和颜料
一古脑儿地扔掉;然后放声大哭:

连一回还没有出品过的,
连一回还没有登临过的,
巴黎铁塔,秋季沙龙,
来生再见,再见来生……

啊啊! 屈指六十年了。
玛丽呀,海伦呀,朱丽叶呀,

愿你们的灵魂
在天上，得到平安！

1997 年

## 关于飞

除了是个诗人,
我什么都不是,
在此世。 而活着
在此世,我一点也不

快乐。 因为这个地球太小,
不够我散步的。 我要

飞!
我可以飞到木星上去玩玩;
(不是有个生三只乳房的女人
正在等着你吗?)
我可以飞出太阳系,
站在银河边上看看风景:
(是的,我们的芳邻,
仙女座大星云,
那涡状的,多美丽呀!)
我也可以飞往宇宙中心
去赴诗神之邀宴,
当众朗诵我自己的杰作,
然后喝他一个醉。……
(那多好,多好!

飞吧，飞吧，诗人！）

可是，他飞了一辈子，

到如今，还是飞不起来。
瞧！ 那姿态，
多么的滑稽啊！

1997 年

**后记**：此诗完成于 1997 年 9 月 14 日。 既有所肯定，亦有所否定，此之谓：人生的批评。 但是，理想与现实，总是相矛盾的，不调和的。 那就来他一个自嘲而亦兼嘲人吧。 置"主观我"于"客观对象"之位置从而观之并讽刺之，这便是我的"主知主义"，我的特色之所在，我的与众不同处。 当然，这也可以说是一种既"写实"又"象征"的表现手法，我往往用之的。

# 橘子与蜗牛

"他们吃橘子是连皮吃的。"

（多野蛮啊，那些
印度支那半岛民族！）

"不也和你们一样吗？吃蜗牛
是连壳一同吞下去的。"

忿怒的纪弦提出了严重的抗议。

1998 年

**后记**：二十世纪初，有个法国诗人，于旅行东南亚回到巴黎之后，发表了一首题为"新加坡"的诗，其中有这么一句："他们吃橘子是连皮吃的。"白种人对于黄种人的优越感，这便是一个典型的例子。于是到了八十年代，在一次国际诗会的专题演讲中，我引用了他的"名句"，问大家："法国人吃蜗牛，是否也是连壳一同吞下去的呢？"当然，像这样的一种幽默，结果不引起哄堂大笑那才怪哩。

## 滴血者

滴着滴着我的血
滴着滴着我的血
　凡我所在处
　一滴一盏灯

那些是我心上的血
那些是我手上的血
那些是我肉体的血
那些是我灵魂的血
　有的太辣
　　有的好酸
　有的苦似黄连
　有的甜如蜂蜜

滴着滴着我的血
滴着滴着我的血
　凡我所过处
　一滴一盏灯

1998 年

## 无人地带

嘉南大平原上
有三处无人地带
是我发现的。

想当年,脱光了,
躺在浓荫下想诗,
一面饮着当归酒,
那些日子,多美呀!

休说叶泥、羊令野,
就连林亨泰、白萩,
都不知道;

至于那些大树,
答应为我保密的,
既非槟榔、椰子,
也不是凤凰木。

1998 年

## 寄诗人辛郁

总算还有二三知己
在台北,没忘记我当年
举杯之状。

就凭着你这首《饮者之歌》,
哦! 世森兄啊,也已经足够
为我疗伤的了——
一种被遗弃了似的,
被放逐了似的感觉,
就像那个汉朝人一样。
而每当我凝视着
茫茫太平洋的那边,
就萌生了一种
立即起飞之意念,
如鹰、如隼、如直升机……
啊啊! 我要回到我的第二故乡,
我要亲吻她的泥土,
我要拥抱那些树和那些人:
管管、张默、痖弦、大荒……

请大家传阅我的诗篇,
请德星兄当众朗诵;

哦！朋友们：请别把好酒喝光，
等待着我的忽然从天而降。

1998 年

**后记**：今年 6 月，痖弦来信，附剪报一份，说发表于 6 月 11 日《中国时报·人间副刊》辛郁的"这首诗写得非常好，主要是有真感情"。又说："大家都非常怀念你。"我看了他的信和读了辛郁的《饮者之歌》，十分感动。而于感动之余，一直都在想写几行以答谢之。直到九月中旬，方才草成此诗。诗中的"世森兄"，即辛郁本名，他姓宓。诗中的"德星兄"，即楚戈本名，他姓袁。想当年，在台北，当我和他们这些"中年的一代"在一起饮宴时，楚戈往往离席朗诵我的作品，也有时模仿我的专题讲演，其声调、动作与表情，惟妙惟肖，博得满座的掌声与喝彩。诗中的"汉朝人"，我的意思，原指"古诗十九首"中我常唱的那首《涉江》之作者而言。但是，"同心而离居，忧伤以终老"的"同心"，他是指他的妻子或爱人而言，这一点，和我怀念我的第二故乡台北的朋友们不同：不过，"一种被遗弃了似的、被放逐了似的感觉"，倒是和他相一致的。

## 诗人们的籍贯

站在"古池"旁边
注视着那青蛙
纵身一跃
没入水中
而听见了一声扑通的
芭蕉,他是个日本人。

支加哥诗人C·桑得堡的
"雾",猫步地来,也很美;
虽短,但在艺术的天平上
不输给希腊荷马二大史诗。

我的好友之一,
《深渊》作者王庆麟,
河南人应以他为荣。

冯文炳的《街头》
为我所激赏,我百读不厌;
但他究竟是湖南人还是湖北人,
这个,我就不去管他的了。

伫立在"米拉堡桥"上唱恋歌的

法国诗人高穆·阿保里奈尔
我也喜欢得不得了。
达·文西的《莫娜里莎》①
如果真的是他偷的,
作为大陪审团之一员,
我必定判他无罪。

我的另一好友台湾人马为义
把"鸟"和"笼"一分为二,
妙极了! 于是我想,
倘若有一天,他入籍伊利诺州,
成为桑得堡的同乡,
那也不是不可以。

鸥外鸥是广东人。
徐迟和戴望舒都是浙江人。

当然,作为"诗坛三老"之一,
安徽人应以小我一岁的钟鼎文为荣,
四川人应以大我一岁的覃子豪为荣。

至于我的籍贯却有两个,
一是人间的,一是天上的。

---

① 达·文西即达·芬奇,莫娜里莎即蒙娜丽莎。——编者注

我的人间籍贯：
中国江苏扬州瘦西湖畔；
我的天上籍贯：
来自银河系的宇宙公民。

1998 年

## 一九九九年春在加州

有这么一点儿微醺,
有这么一点儿飘飘然,
总是好的。 嗯,总是好的。

静态的微醺固然很美,
动态的飘飘然不也很可以欣赏吗?
(微醺微醺飘飘然
微醺微醺飘飘然)

而当你微醺时,
你就会忘记那些可怕的
黑刀、暗箭、狞笑和冷笑,
忘记那些捕狮子的陷阱
和被遥控的定时炸弹,
在这个充满了妒忌、仇恨
和阴谋诡计的人间。

于是你就飘飘然了,
你就飘飘然了,
你就欣然离座而婆娑起舞了。
(微醺微醺飘飘然
微醺微醺飘飘然)

朋友们一面喊着诗万岁，
一面敲着酒杯酒瓶为你做伴奏。
而你那仙人一般的舞步与舞姿，
就连老陶看了都叫好；
老李看了都拍手；米拉堡桥上的
APOLLINARE
瞧着也陶醉不已。

1999 年

**后记**：此诗为 1999 年初完成的第一首，开笔大吉，非常得意。诗中之"人间"，乃指我于四五十年代所遭遇的种种打击与伤害而言，在上海和台北，而非指旧金山。诗中之"朋友们"，乃指以痖弦为代表的"中年的一代"以及他们的小老弟以陈义芝为代表的一群而言。1996 年我应邀回台湾开会，痖弦和陈义芝他们大家曾与我共饮，十分愉快。

## 歌星汤玛斯

歌星汤玛斯深感盛名之累,
累得他简直喘不过一口气来:
被那些歌迷和新闻记者所包围,
签不完的名,
回答不完的问题,
好辛苦啊!

好不容易回到旅馆里去
休息休息,小睡片刻,
又被不停的电话所吵醒:
她们哪里懂得什么音乐,
不过想要和我玩玩而已。

安眠药、兴奋剂加倍地使用,
请问健康还有不受伤害的吗?

于是下了决心,做好准备,
星期六的晚上,只唱完了一曲,
就在如雷的掌声中,
把琴弦扯断,
把吉他抛向台下,
大声宣布:"我不想做猫王第二!"

然后鞠了个躬,
就从后台边门溜出去,
上了早就停在那里的一部汽车,
逃往海角天涯去了。

1999 年

## 懂或不懂

站在卡斯楚街人行道上
看同性恋者万圣节大游行,
我没有表示意见:
赞成或反对。

这个,你们不懂。

当我尚未欣赏过
第一个登陆月球
阿姆斯壮不朽的足印,
我早就发明了一种
 "让煤烟把月亮熏黑
这才是美"的美学,
因而引起全世界的喧哗,
我的诺贝尔奖提名资格
遂被取消了。

这个嘛,你们也不懂。

1999 年

**后记**:同性恋者万圣节大游行,乃系旧金山著名的一大活动风景,除本地人,凡外来的观光客,无不以一睹为快。"让煤烟把月亮熏黑这才是美"——此乃本人作于1958年的一首七十行长诗《我来自桥那边》中之一句,为朋友们所激赏。该诗已收入《槟榔树乙集》。北京的友谊出版公司印行的《纪弦诗选》和台北黎明文化事业公司出版的《纪弦自选集》,都把它收进去了。

## 群岛

——呈老友吴庆学

那些云,一座座的,
出现于春日之青空,
如海上之群岛。

瞧着瞧着,看着看着,
我就想起了桑得拉尔斯,
在船上,他把鞋子脱下,
使劲地扔过去,说:
"因我极欲去到你们那儿。"
多好玩啊多好玩,
他的那首《群岛》!

而在群岛之中,
有一座很美也很古的,
名叫贾岛,
他骑在驴背上,
举手作推敲势。

至于那座特别高大
而且离得远一点的,
名叫无人岛——

那是我的一首诗的题目,
作于四十年代,在上海,
我正在失业和挨饿中,
我的同时代人,
除了吴庆学,
没有几个人知道。

是的,我是一座
太寂寞的无人岛。

1999 年

**后记**:此诗完成于 1999 年 4 月 20 日,距离我满八十六岁生日,还有一个星期。 我的忘年之交吴庆学,不但欣赏我的"诗",而且了解我的"人"。 我曾说过:只为吴庆学一个人写作,只向吴庆学一个人发表,我也是心甘情愿的。 我的那首名作《无人岛》,已收入诗集《饮者诗钞》中。 桑得拉尔斯(Blase Cendrars)生于 1887 年,乃系本世纪法国诗坛上以善于歌唱海洋著称的诗人之一。 他是个不知疲倦为何物的旅行家,曾到过许多地方。 而表现于其诗中之海,并非比喻的、象征的或传说的海,而是有船航行其上,舔之盐辛的海,真实的海。 例如他的那首名作《群岛》:

群岛
群岛
怕连一度都没有谁践踏过的群岛

怕连一度都没有谁登陆过的群岛
为树林所覆盖的群岛
豹一般蹲踞着的群岛
一动也不动的群岛
难忘但无名的群岛
我从船上把自己的鞋子抛向海
因我极欲去到你们那儿

乍读之，觉得并无什么甘美的、罗曼蒂克的、所谓"诗的"东西存在似的。但在那里，实际上却存在着有许多的诗：有航行中船周围的广阔的海，有浮于海上的一座座小小的无人岛，有那些小岛的忧郁与神秘，有船中旅人的感情与意志，有最直接和现代风的"诗素"：明朗，单纯，而且充满了力。我想，如果他还活着，而且有幸读到我的这首得意之作，于击节再三之余，打个越洋电话来，想要请我喝一杯的话，我是当然不会不欣然接受马上飞巴黎的。

## 三条腿的生物

响叮当的大名
那曾经红遍三十年代的
早就没有几个人知道了

偶尔上了报的照片
也不再被那些妞儿们
抢着剪下来珍藏了

至于头顶上的光环
也已经暗淡得
几乎看都看不见了

哈哈你这个三条腿的生物
去照照镜子吧
多么的老而且丑

1999 年

# 月光曲

升起于键盘上的
月亮,做了暗室里的

灯。

1999 年

**后记**:一、此诗最初的形式不是这样的。它的原形如下①:

**升起于键盘上的月亮,
做了暗室里的灯。**

"月亮"和"灯"都在下面,觉得非常黑暗,现在我教它们上升,不就大放光明了吗? 而且较之原形,现在新的式样,也更美和更"诗的"了。 二、所谓"诗的"(Poetic),除了兼指诗之"内容"与"形式"而言,亦可用以形容其他文学作品,其他艺术作品。 而在日常生活中,有时也能用得上。 三、此诗初稿于三十年代,而直到如今方才定稿,这可说来话长了。 我的苏州美专同学姚应才,为了抵抗日本鬼子侵略,和他的哥哥姚应龙

---

① 原文为"如左"。——编者注

少校，一同阵亡于保卫家乡的战场上，那是1938年的事情。 1937年八一三沪战爆发，大家纷纷逃难。 我也带着一家老小，流亡到了香港。 翌年夏，接到其他同学来信，方知姚氏兄弟业已壮烈成仁。 我痛哭失声，发誓从此再也不听《月光曲》了。 为什么？ 原来应才是我最亲爱的同学，最要好的朋友。 在学校里，我被大家称为"第三谪仙"，而应才则系"中国的贝多芬"。 他热爱音乐，又特别崇拜乐圣，极力模仿乐圣：他的发式、服装、乃至动作，表情，样样都模仿得惟妙惟肖。 除了九大交响乐，贝多芬的其他作品，他也都背得滚瓜烂熟，不看乐谱，闭着眼睛，他也能弹奏得一个音符都不漏，一个拍子都不差。 这就不得不令人怀疑：他很可能就是乐圣投的胎。 那时候（1936—1937）我家住苏州，而在上海教书，一方面又创办并主编一份诗刊，苏州上海两头跑，忙得不亦乐乎。 应才则后我一期毕业，当年他正在母校担任助教之职。 每逢我从上海回苏州，他一定要到我家来晚餐，饭后就在客厅里弹琴，而《月光曲》则系我最最爱听的。 有一回，他故意把电灯关掉，然后开始弹琴，我坐在一旁倾听，听着听着，居然成诗二行：

**升起于键盘上的月亮，**
**做了暗室里的灯。**

曲终开灯，我就念给他听，他说境界颇高，意象甚美，节奏也很有力量，他非常的欣赏。 不过，这两行金句，却始终未能用在一首较长的诗中，给以适当的位置而有所完成。 多年来，我曾试写数次，皆无结果。 直到今天，方才决定，来他一个"不完成的完成"，并把原先的两行改为三行，这样，总算是了却一个心愿了。

## 在异邦

在异邦的大街上走着，
边走边骂人，用国语，
而谁也听不懂，多好玩！

还有更好玩的哩！——
那就是：
被遗弃了似的，
被放逐了似的，
被开除了似的，
被丢入了字纸篓似的，
被倒进了焚化炉似的，
和黑板上一个粉笔字被擦掉了似的

一种感觉。

1999 年

## 田园交响乐

感谢乐圣。 感谢第六交响。
有一天,我从第一乐章
走到陶潜采菊的东篱下,
就和他平分了一大瓶黑牌威士忌,
外加一小瓶贵州茅台酒和一小瓶四川五粮液,
他说很过瘾,很过瘾。
(当然,他没说"我醉欲眠君且去"。)
然后,沿着一条小溪,两个人
携手漫步到南山下,
去看看那些豆类他种的究竟成熟了没有。
"瞧! 那么多乡下人
正在赶集哩。 好热闹啊!"
忽然,一声霹雳,吓了我一大跳。
他不见了;而我却回到第五乐章来,
陶醉于雷雨后牧羊人的歌声。

那是老陶也欣赏的,我相信。

2000 年

## 半岛之春

是你,第一个
给半岛带来了春天的消息。
哦! Japanese Plum:
你多美,多美呀!

这里一棵,那里一棵,
满树满树地开;
而且,正在准备结许多许多的李子,
那真是太好,太好了。
有的浓些,有的淡些,
有的深些,有的浅些,
而都是桃花一般的粉红色。
那红,虽不如咱们后院的梅花
来得高贵,却也有其特别迷人处,
是颇为值得欣赏的。

是的,这才不过是二月初,
距离可以狂欢的樱花季节还很远哩。
然而正是为了你的缘故,
我才高兴得搂起老伴来,
在自宅门前的草地上
跳了几分钟三拍子的华尔兹。

2000 年

## 记一个广场

在这个广场上,
写满了我的诗句。

用脚,
而非用手。

广场的面积不大,
但树木很多。

至于那些心里想的,
有谁知道呢?

如果下一点雪,
那就更美了。

2000 年

## 如果有客来自扬州

如果有客来自扬州,
那会是骑鹤的小杜吗?
如果有客来自扬州,
那会是历史上与文天祥齐名的史可法吗?
不,都不是。 然则,那会是谁呢?
曰:沈绿蒂,扬州人沈绿蒂,
年少时,学着我的样子,蓄长发,留短髭,
抽烟斗,拿手杖的沈绿蒂。

啊啊,绿蒂:
如果你还活着,尚未死于癌症,
则我将欢迎你到此一游,
就住在我家,喝一杯,玩几天,
然后,我带你到拉斯维加斯去,
把口袋里的钱输光,
岂不是大大地过瘾乎?

六十年前,你可怜的姐姐,
为了爱情上的缘故,
竟自沉于滚滚的运河。
而你却写下了两行金句:
　　"我从女人的裤裆下,

看见了一切的政治。"
唉唉！ 无名诗人沈绿蒂，
虚无主义者沈绿蒂，
余昔日之好友：尔静静地睡吧……

2000 年

## 坐在抽水马桶上想诗

坐在抽水马桶上想诗,
这和骑在驴背上造句,
究竟有何不同呢?
曰:那是唐朝,
而这是二十世纪。
(多么的肤浅啊!)
另一个答案是:
那是农业社会,
而这是工商社会。
他们有的是闲暇和余裕,
而我们却是紧张兮兮的。
(这倒还有点道理。)

所以我就练好了一身的功夫。
例如:正当我伏案工作,
忽闻太座叫我去帮个忙,
我就搁笔暂停,跑到厨房里去,
把她切不动的南瓜一剖为二,
去掉种子,再分割为十八小块,
下锅烹煮,然后回来,接下去写,

我的文思都不会被打断。

是的，我就有这种本领。
请问那些古人办得到吗？

2000 年

## 吻及其他

凡被我吻过的女人有福了。

凡被我用左手摸过头
十岁以下的金童玉女有福了。
那些第三、第四代
都是会飞的。
啊啊飞吧！飞吧孩子们！

凡被我拥抱过的乔木有福了。
（是的，乔木，而非灌木，
那些侏儒，我不喜欢。）
无论槟榔或是梧桐，
个个都是那么高大，像我一样，
充满了诗想与诗味。

可是上帝，上帝，上帝啊！
怎么直到今天，都快到米寿了，
你还不把我变成功一棵树？

2000 年

## 与陈子昂同声一哭

凡真正的诗人皆会哭。
子昂兄:久违了。
在四度空间里,
时间走双曲线。
而我的心灵是有翼的,
要飞到哪里就飞到哪里。
这一点,你不懂,
所以你就哭了:
前不见古人,后不见来者……

我也会哭,而且往往
不为什么而哭,
因我泪腺特别发达。
但我见了古人,也见了来者:
我时常和老陶干杯,
也有时和老李比剑,
大家玩得好高兴;
而一个千年后的杂种女子
正在紧紧地拥抱着我,
用她那厚嘴唇吻我的额部,
却被老伴发现,
于是上了花边新闻,

我坐牢五分钟。

当然喽，像这样的一种婚外情，
决非幽州台上的诗人之所能理解的。
怎么样，老陈？ 你点点头。
那就让我们同声一哭吧！

2000 年

## 玩芭比的小女孩

玩芭比的
小女孩:别那么快
变成

芭比,好不好?……

2000 年

## 旧照片

旧照片,
像古老的电影,
黑白而无声。

希特勒和墨索里尼,
被卓别林所讽刺:
在理发店里,
那比高的镜头,
多滑稽,多有趣。
那些朋友,
正在谈着恋爱;
那些亲戚,
正在忙着过年。

啊呀! 这不是扬州吗?
瞧! 我妻站在瘦西湖边,
一手扶着一棵杨柳,
穿一件很时髦的
桃红色镶银边的旗袍。

我也看见了我自己
(怎么那么年轻?)

坐在窗前想诗,
忽闻一声鹰呼,
猛抬头,凝视着
海一般湛蓝的秋空,
那些云,飘过去。

2000 年

**后记**:2000 年 9 月 30 初稿,已交《新大陆》发表。 我自己那张窗前想诗的旧照片,应当是 1936 年初夏拍的,而非摄于秋季。 怎么不用"夏空"而用"秋空"呢? 那是因为秋天比夏天美;而在诗的世界里,我有权如此处理。

## 旧金山湾

苹果绿,
孔雀蓝,
和带点儿忧郁的青灰色,灰紫色,
有时深些,有时浅些,
有时浓些,有时淡些,
变来变去,天天都不相同。

无论寒暑,不分昼夜,
或阴或晴,有雾没雾,
变来变去,天天都不相同。
啊啊! 旧金山湾:你多美呀!
不也是气象万千,
世界一流的吗?

传说十九世纪,
至少有七对印地安人的
罗米欧与朱丽叶,
梁山伯与祝英台,
曾殉情于此;
二十世纪的潜水夫,
在海底,发见了
他们的遗骸和遗物。

唉唉！ 恋爱是谈也谈不完的，
故事是说也说不尽的，
这人间。
瞧！ 那些游艇，
点点白帆，像海鸥
翱翔在苍空。
啊啊！ 旧金山湾：你多美呀！

苹果绿，
孔雀蓝，
和带点儿忧郁的青灰色，灰紫色，
深、浅、浓、淡，
变来变去，天天都不相同——
不也是气象万千，
世界一流的吗？

2000 年

## 米寿自寿

把个米字拆开,
不就是八十八了吗?

是的,米寿。
我要节食、禁酒一天以自寿;
不切蛋糕,不吹蜡烛,
也不唱生日歌。

记得二次大战期间,
那些没有米的日子,
饥肠辘辘,炮声隆隆,
多难受啊!

别糟蹋粮食,孩子们!
什么叫做饥饿,
你们不懂。

我们是吃米的民族。
米万岁!

2001 年

## 上帝造了撒旦

上帝造物,
它造了物质,
也造了反物质;
美是它造的,
丑不也是它造的吗?

它甚至还造了一个
权力几乎和他相等的撒旦,
教它胆敢造它的反,
企图取而代之,
扮着鬼脸,
用脏话骂它——

这么一来,
它就觉得满好玩的,
一点儿也不寂寞了。

2002 年

## 尤勃连纳

他已经把对手打倒,
用脚踩住,
只要一斧头砍下去,
那家伙就没命了。

这是古罗马帝国的规矩,
每三年一次,在竞技场上,
教两个死囚决斗,
谁赢了,就放走。

"把他宰掉! 把他宰掉!"
看台上的贵族们齐声大喊:
"怎么还不下手?"
可是,听哪——
"为了要获得自由,
而把一个和我无仇无怨,
而且又是一同受苦受难的人
杀死,以供尔等消遣,
我不干的。"

好一个尤勃连纳,
真英雄也!

说着，说着，
　就把他手中的武器
　　朝向看台那边
　　　使劲地扔过去……

2002 年

**后记**：尤勃连纳是我最喜欢的明星之一，他主演的电影没有一部我不叫好。听说他是个蒙古人，被好莱坞的导演发现，一下子就红了。那是二十世纪三四十年代的事情，至今我还留有很深刻的印象。

## 梦终南山

作为秦岭之一部分,
而且又是最最有名的一部分,
终南山啊,你多美呀!

就在你的脚下,我的祖籍,
鳌山㴲水,如画如诗,人家说。
而我却从未一睹你的山姿与山色,
岂非生平一大遗憾乎?

但我不是没有用我的两臂
把你抱得紧紧的,
如抱一个情人,在那梦中,
在那哭醒了的梦中。

2002 年

**后记**:我祖籍陕西,这没错。 而我却从未踏入陕西省的边界一步,故不能算个"秦人"。 年少时定居扬州,深爱瘦西湖之美景,遂以扬州为我心目中之故乡,无论那些同乡会承认或不承认。

## 手指与足趾

我先用左手数右手的五指,
再用右手数左手的五指,
不依长幼先后次序,那便是:
杨唤、李莎、覃子豪、
沙牧、古丁、沈冬、梅新、
戴望舒、徐迟、鸥外鸥。

还有钟雷、羊令野、
艾青、顾城、卞之琳……
不够了,不够了,怎么办?
没关系,我还有十个足趾
可以接下去数。 然后,还有……
还有什么? 不! 不可以!
不可以再数下去了!

唉唉! 老天爷呀:
请别让我把另一只袜子脱掉
好不好?

2002 年

## 三月七号

三月三十一天
是个大月
有些日子应当笑
有些日子应当哭
而尤以三月七号这一天
我不能不和朋友们
同声一哭

台北市西门町平交道
旁边站着有
诗人杨唤的铜像一座
二十四小时值勤
不穿雨衣
也不戴风帽
请把那栏木放下
有礼貌地喊道
每当火车来了时
南下的或是
北上的

2002 年

## 有缘无缘

我与槟榔树有缘。
我与蜥蜴有缘。

在台湾,每一棵槟榔树
都记得我的名字,
说我是他们的同类。多好玩!
因为我像槟榔树,
我爱槟榔树,
我写槟榔树,
我的诗集
亦名之曰"槟榔树"。

但是我是不嚼槟榔实的,
我也不看西施,
我也不乱花钱。

而在垦丁,想当年,
我欣然南下,作千金之旅,
花的钱可多了:
住宾馆,开最好的房间,
吃西餐,喝最贵的洋酒,
为的是要享受一夜的宁静——

我躺在床上，睁着眼睛，
倾听蜥蜴们的大合唱，
以巴士海峡的海潮音为伴奏，
那真是太美了！

据说，一过了北回归线，
它们就不叫了。
怎么搞的？ 我不知道。
而我所知道的是：
蜥蜴和我有缘；
槟榔树和我有缘；
还有那些诗人也都和我有缘。
除此以外，一概无缘。

2002 年

## 帽子的戴法

把帽子戴歪些,
这便是一种叛逆的精神,
一种反传统的表现。
五四以来,
作为一个求新求变的诗人,
我一向如此。

而那些戴得很正的,
不一定都是好人:
其中可能有个间谍,
有个人口贩子,
有个毒枭,
有个三只手,
或者是个不忠的丈夫。

2002 年

## 重返色彩的世界

我终于回来了。 好辛苦啊!

那些朱红、殷红、橙红、玫瑰红,
那些翠绿、草绿、碧绿、苹果绿,
那些金黄、土黄、杏黄、柠檬黄,
那些孔雀蓝色、紫罗兰色、雨过天青色
和我的爱人的大眼睛海一般的湛蓝色,
还有那些黑的、白的、灰的
和我所最最喜欢很浓很香的咖啡色,
他们正在列队欢迎我的归来,
在那尘封了七十多年的画板上,
发出了一致的欢呼,大声地。
是的,我终于回来了。
好久好久没用画笔蘸颜料
在画布上涂涂抹抹的了——
那就让我背着画箱,吹着口哨,
出发吧!

我必须到南极去画那些人模人样的企鹅;
我必须到澳洲去画那些善跑善跳的袋鼠;
我必须到大溪地去画那些高更没画过的女人,
至于塞尚的苹果和梵谷的向日葵我就不画了;

而一旦回到了宝岛台湾，我的第二故乡，
我总要多画他几棵槟榔树和凤凰木；
而一旦回到了神州大陆，我总要画他一系列的
我老家美丽的瘦西湖和我祖籍有名的终南山；
当然，我还要去画武昌的黄鹤楼
和苏州的沧浪亭，我的两个母校之所在；
至于扬州的南河下，我的初恋之街
和北京的河伯厂，我小时候放风筝的地方，
据说已自地图上消失了。 唉唉！

于是，到了二〇一三年，我满一百岁，
那就必须乘坐一艘超光速太空船前往月球
去画那没有水也没有风寸草不生十分荒凉
咱们唯一的卫星以庆生，以祝寿；
画成，我就婆娑起舞，引吭高歌，而且
喝他一个醉。

2002 年

后记：一、我本来是学画的，大家知道。值此新世纪的黎明，我一直都在想要重提画笔，却始终未能如愿。但我并未死心，那就再说吧。 二、此诗初稿于 8 月 8 日，直到今天方告完成，真的是很辛苦，如果不让我喝一杯，那你们就未免太残忍了！ 2002 年 8 月 25 日

## 画室里的故事

君临七彩的天下,
我常用我的权杖作指挥棒,
教红、橙、黄、绿四队的男生们
合唱一曲 H 调的不可思议之歌;

而青与蓝与紫三族的妞儿们
则必须跳一系列既非三拍子亦非二拍子
十分奇妙可以飞起来的超现实之舞——
那是早在二十世纪三十年代
我就已经钦定了的。

君临七彩的天下,
我常用我的权杖作指挥棒,
教他们和她们唱歌和跳舞,
唱给我听,
跳给我看,
向我宣誓效忠。

而除了猫眼中的灰色
和我的裤子的咖啡色,
谁也不敢造我的反。

2002 年

## 在画板上戡乱

听说有些颜色要造反了。
那还了得!
据报:那是灰色。
她时常埋怨我,说我是个昏君。

我就拿起来我的画笔,
在画板上戡乱——
我把她加入青、蓝、紫三色中,
使成为青灰色、蓝灰色、紫灰色,
就像多雾的旧金山湾一样,
带几分朦胧美。
这么一来,她就哭了。
至于咖啡色嘛,另一叛徒,
据报:这个家伙有点儿不大好惹。

为了要使我的风景画
画得更加写实一点,
我不得不把他加入红色使成为土红色,
加入黄色使成为土黄色,
而且加入绿色,
给人以一种初秋的感觉。

可是橙色却举起手来表示反对,说:
我乃纪弦最爱喝的 Orange Juice,
岂可以其苦味破坏我的"纯粹"?
不行! 不行!

哈哈! "纯粹"?
你不也是红与黄二原色之复合乎?
何"纯粹"之有? 接下去,
咖啡色大发议论:
须知绿乃黄与青二原色之复合,
紫乃红与青二原色之复合,
蓝乃青中加入了少许的红而成,
也是不够"纯粹"的。

请注意! 他们都是二原色之复合,
而我却是唯一的三原色之复合;
根据优生学的原理,
我乃最聪明的杂种中之杂种。
我苦是苦了一点,这不错。
去问问纪弦吧,
他不是每天早上都要喝一杯的吗?

2002 年

## 黄山之松

不是种下去的,
而是顶开了海拔一千八百公尺
最高峰一块巨大岩石
矗立于天地之间的
黄山之松,
说要出现就出现了,
全凭一个意志,一个不可抗的意志。
啊啊,黄山之松!
其生命力是如此的坚强,
其姿态又是如此的优美,
像一幅画,
像一首诗,
他是一种图腾,
他是一种象征,
我朝暮凝视,心想:
凡我华夏儿女,
就要个个都像他的那个样子
才好。

2002 年

**后记**：一、老友张绍载，多年前旅游黄山归来，送给我一幅放大了的他亲自摄影的"黄山之松"。我就把它悬于我的书斋之座右，朝暮凝视，心神向往，却始终未能成诗一首。直到今年 8 月，我家三儿学濂，三媳敏珠，参加旅行团，作大陆之游，回来后，向我报告了一些有关黄山的情况，这才大大地引起了我的兴趣，灵感忽至，诗兴大发，于是花了三天三夜的工夫，草成此篇，以呈正于绍载兄，敏华嫂，和大方小姐；二、敏珠还把她写的一首《祖国情》给我看了："我所热爱的祖国，当我回到你的怀抱，你是如此的亲切，我没有感到一点陌生。长江啊！黄山啊！……"这当然不能和一般专业作家相比，但是文字通顺，感情真实，还是很值得嘉奖的；三、我从未到过黄山，也不晓得他究竟有多高，还是大方在电话中告诉我的，我应该谢谢她。

## 我与玫瑰

我手种的玫瑰,
有剑瓣的,有圆瓣的,
而皆为高级品种,都很香。
有纯白的,有微绿的,有浅紫的,
有的橙黄,有的金黄,有的柠檬黄,
有的桃红,有的粉红,有的胭脂红,
还有一株很浓很浓,血一般的殷红。

听见了吗,铿铿的刀剑声?
听见了吗,幽幽的私语声?
啊啊! 多么值得倾听的啊:
各种乐器之大交响,
优美的小夜曲,
和男高音的独唱——
那是只有文化层次过低的
才会说一声听不见。

而像我这样一个辛勤的老园丁,
德国诗人里尔克也不会不欣赏。

2002 年

**后记**：德国诗人里尔克（Rainer Maria Rilke，1875 - 1926），也和我一样，爱玫瑰，种玫瑰，和歌唱玫瑰。不幸死于玫瑰！无法医治，遂与世长辞了。多么可惜!

## 桥之组曲

金门大桥,在雾中,
是一件动人的艺术品。
海湾大桥,不愧为
一项科学上伟大的成就。
巴黎的米拉堡桥,
伦敦的西敏士特桥,
和上海的天后宫桥,
永远是充满了诗意的。

而在台湾——
我的第二故乡,
我最喜欢走过去的
就是碧潭之桥,
她也像一幅名画。

还有扬州城外一小村,
名曰"廿四桥"的——
啊啊,小杜,
多么令人发怀古之幽思啊!
于是欣然往访,结果大失所望,
那只不过是两三块木板
横在一道干涸了的小溪之上而已。

既无"玉人",亦不闻箫声,
只见一位村姑十三四的,
抱着一只小猫,站在她家门口,
向我笑了一个微笑。

2002 年

## 扬州、上海和台湾

如果有客来自扬州,
请问我小时候住过的宫太傅第
后花园中五棵高大的梧桐树
每一棵我都用小刀刻过我的名字的
如今怎么样了?
还有那些绕树而飞的凤凰
都飞到哪儿去了?

如果有客来自上海,
请问我于三十年代时常伫立良久
观看两岸风景的天后宫桥
和桥下缓缓流着很脏很臭的苏州河
如今怎么样了?
还有那些早该报废逾龄的船只
是否还停在那里不动?

如果有客来自台湾,
请问我最最喜爱的那些修长的槟榔树,
那些北回归线以南会唱歌的蜥蜴,
和那些诗人我的同行同类,
如今怎么样了?

是的，在宝岛，只有这三种生物
为我所深深地怀念，怀念，
也常常梦见，梦见。

2002 年

## 我与地球

对于这个行星,
蓝色的,第三号,
我还是充满了爱心的,
虽说小是小了一点,
不够我散步的:

我爱那些山脉,那些河流,
那些海洋,那些陆地,那些沙漠
和那些岛屿,大大小小的,
群岛,半岛,无不喜爱。

我爱那些梧桐树,那些槟榔树
及其他乔木,无论落叶或不落叶。
我爱那些玫瑰,那些昙花,
那些天堂鸟,那些中国立葵
及其他花卉,无论香或不香。
甚至那些灌木,那些小草
和仙人掌,我也给以祝福。

我祝福我的同胞,无论他在何处,
宝岛,神州,或是其他地区。
我祝福印第安保留地开赌场的红番
和会说阿罗哈的夏威夷土著,

他们表演的草裙舞，
以檀香山六弦琴为伴奏，
我一向很欣赏。

我也祝福亚洲、欧洲、非洲、美洲
和大洋洲的人类，不同的肤色，不同的发色，
不同的民族，不同的文化，不同的语言，
一律给以祝福，因为大家都是上帝造的。
至于那些动物，除了猫，我最最喜爱的，
就是南极的企鹅，澳洲的袋鼠，斑马，羚羊，
长颈鹿，大鼻象和孙悟空的同类。
当然，一切鸟类、昆虫、水族，我都喜爱。
甚至阴险的鳄鱼，凶猛的大白鲨
和丑陋的大蜥蜴，我也给以祝福。

而总之，地球上的生物，
我都喜爱，我都祝福。
唯有蛇，那教唆夏娃犯罪的，
必须加以诅咒；
虽然被法海打败了的
白娘娘，我总是同情的。

2002 年

**后记**：一、此诗完成于 2002 年 11 月，非常得意。 二、我爱猫而不爱狗，那是因为我小时候曾被一只黑狗咬过的原故。

## 没有酒的日子

从前在台湾,每当我
穷得没钱买酒时,我就会
把那些喝空了的瓶子
搬上天台,对准了水泥墙,
一只只,一双双,手榴弹一般的
抛掷过去,使发出乒乓劈啪之响,
不也是蛮好玩的吗?

如今在美国,我总喜欢
在后院中,教他们排起队来,
用我那银柄的乌木手杖
把他们一个个宰掉。 有一回
正当我快要下手时,
忽闻一声"相公饶命",
原来是湖南"酒鬼",
说他瓶中还剩半杯,
不是不可以让我过过瘾的。
唉唉! 算了,
给他记一大功。

2002 年

**后记**：一、此诗初稿于 2002 年 12 月初，是这一年最后的一首。二、"酒鬼"问世不久，虽不若"茅台"之强烈，然亦颇为香醇，我常喝的。

## 九十自寿

我写了许多许多的坏诗,
而也不是没有一些好的,一些杰作与金句,
例如《恋人之目》、《狼之独步》……
面对着全世界全人类,
我想我已足以当一个 POET 之称
而无愧了。可是,有谁会知道呢?
在此世,
   我活着,
      好辛苦。

饥餐粉笔灰,
渴饮红墨水,
头上从未戴过一顶纱帽,
胸前从未挂过一枚勋章;
至于诺贝尔奖,
早就应该被提名了,
然而始终也没有谁
问过我一句要不要——
多么的寒冷啊!

在此世,我活着,好辛苦。
从一九一三到二千零三,

迄今已有九十个三百六十五天了。
当然，还有一些闰年二月多一天的，
不也必须加上去一同计算吗？
但我是个数学不及格的，
加或不加 I don't care。
那就让我举起来我的高脚杯，
三呼纪弦万岁诗万岁吧。

2003 年

**后记**：一、从去年 11 月开始，一直写到现在方告完成，好辛苦啊！ 二、我以前写的《八十自寿》已收入《第十诗集》中，《七十自寿》已收入《晚景》中，《六十自寿》已收入《槟榔树戊集》中，《五十岁的歌手》已收入《槟榔树丙集》中，《四十岁的狂徒》已收入《槟榔树乙集》中，还有一首《三十代》，已收入《饮者诗钞》中。 每十年自寿一次，这已成为我的一种习惯了。那么，再过十年，我不是又可以写一首《人瑞之歌》了吗？ 三、我不知道我还能在世几年，而总之，我一定听痖弦的话，好好地活下去就是了。

## I AM NINETY YOUNG

我背已微驼,两鬓已如霜,
但是上楼下楼,依然不用电梯。
我已不再晨跑,我已不再跳高。
到如今,我老是老了一点儿,
然而对于那些尤物中之尤物,
还是蛮有兴趣的哩:
如果玛丽莲·梦露打个长途电话来,
请我做她的舞伴,
去赴一次特别晚宴,
我想我不会不欣然前往的。

2003 年

## 给加州蓝鸟

蓝鸟，哦，蓝鸟，你多美呀！
我爱加州，不忍离去，一部分的原因，
不也是由于你的缘故吗？
而当你散步于我门前的草地上，
亦大有一种诗人的风度哩。

可是我后院树上的红李子，
全都被你吃光了！
果核，果皮，散落满地，
脏兮兮的，教我无法清理。

你说那是松鼠干的坏事。
我不信，因我亲眼看见
你吃饱了就飞走。
这就难怪我但恨手中没有一杆猎枪了。

2003 年

## 活着便是宣言

我已经摆好了一种
再出发的姿势,
我必须来他一个强有力的
最后的冲刺!

虽然有些人士
早就把我交给了历史,
可是我还活着,
还很不容易死。

说"宝刀未老"乎? 老矣。
说"江郎才尽"乎? 犹未。
如果我这就接受
人们给我打好了的分数
而满足于今天的这点成就,
那多可耻!

古人说:知耻近乎勇。
故我必须留下一幅
勇者的画像,在此世。
管他妈的什么毁啦誉的,
褒啦贬的,我才不在乎。

而我的"姿势"也许很可笑，
我的"冲刺"也许够滑稽，
但即使是有如唐·吉诃德
策其瘦马挺其长矛
而直取风车的那种英勇，
你也不能说我是个傻子。

因为我这个人
就是为诗而堂堂地活着，
亦将为诗含笑而死。

2003年

## 长颈鹿及其他

什么是那长颈鹿想要看见的?
我不知道,去问商禽。
什么是那广场上的铜像所发表的演说和高呼的口号?
我没听见,去问白萩。
什么是那得得的马蹄声所造成的一种美丽的错误?
你不懂吗? 去问愁予。

还有那四方城里的小夜曲和深渊里的交响乐
以及青空律的指挥棒下宝岛上的大合唱,
那些名篇名作所应得的分数不是 $A^+$ 便是甲上,
我无不大为欣赏,甚至于还带点儿忌妒。

请问诗坛三老谁先走的?
请问四大饮者还剩几个?
请问谁的乡愁写得最好? 谁的俳句写得太多?
请问谁是叶珊? 谁是巴雷? 谁是冷公? 谁是高丽棒子?
请问"新诗三百首"是谁编的?
胆敢挑战盛唐李杜,你教我怎能不大声喝彩。

而在五十年代，我的好友杨唤，
为了赶看一场劳军电影，竟被火车辗毙
在西门町平交道上，多可惜！ 多可惜！ 多可惜啊！
于是到了六七十年代，诗坛上的花边新闻多起来了。
听说有一位大诗人，喝醉了，被人家一推，
从二楼，脚朝上，头朝下，滑滑梯一般的滑下来，
幸好有两位小姐正在上楼，四条玉腿挡住了那冲劲，
否则，脑袋碰到水泥地，不一命呜呼那才怪哩，
又听说有一位杰出的诗人，
一九八〇年秋，从山中走出来，
未闻蝉鸣，却捡到了一枚蝉蜕——
东西写得那么好，他是谁呀？

2003 年

## 古人选美

古人选美,
是用诗投票的。

当项王唱完了垓下之歌,
第一届华夏之后,
为虞姬加冕的西施,
接着就宣布:
谁是第二名,谁是第三名……

而杀了韩信的
刘邦的妻子吕氏
则名列倒数第一,
因为她
　太坏了!

2003 年

## 又见黑猫系列之一

又见黑猫,我好高兴,当我策杖晨步,一面推敲几个梦中的诗句。我用英语向它道了早安。它就咪唔一声回答了我:"你好吗?邻居老头。"他的毛色黑得发亮,四个爪子雪白的,而两眼炯炯然,黄中带绿,如半熟的柠檬。

每个工作日的早晨,送走了上班的主人,它就坐在它家门口,等候她的归来。我伫立着,凝视着它,良久不忍离去。它就走过来,怪亲热地,绕行我的双足一圈以示好;然后又回到原先的位置上去,开始假寐了。

我很想抚摩它一下,却始终未敢轻举妄动,因为它的步姿与坐态,竟是如此之高贵,人类中的王者,怕也没有几个能够和他相比。我心里想,万一触怒了它,弄得我怪不好意思的,那我还算个诗人吗?

马路上的车辆,南下的,北上的,步道上的行人,来的来,去的去,对于这些不相干的事物,它才不屑一顾哩。请问什么是它所需要的？既非罐头鲑鱼、沙丁鱼,亦非主人带回来的炸鱼,而就是被她一把抱起来走进屋子里去时所感到的一种温暖。

2003 年

## 问答篇

你问我
为什么老是想要去
抚摩一下
邻居家的那只黑猫;

你问我
为什么老是想要去
拥抱一下
马路边的那棵槐树;

你又问我为什么
老是在半夜里起来小便后
就跑到天台上去看星星
一直看到天亮……

对于这些问题,
我都无法回答,
因为你不是一个诗人。

2003 年

## 从前和现在

划拳我总是划不过人家,
就连剪刀石头布也常输,
从前在台湾,我每饮辄醉,
还上了花边新闻哩。

如今来美国,
我已不再酩酊了。
万一醉卧旧金山街头,
被警察捉将官里去,
丢了咱们中国人的脸,
这个,我不干的。

2003 年

## 夏威夷咏叹调

ALOHA!
以檀香山六弦琴为伴奏,
夏威夷赤脚土著跳的草裙舞,
我最欣赏,

ALOHA!
躺在 Waikiki 沙滩上晒太阳,
喝他们的水果酒,
看那些比基尼泳装女人
走来走去的,是一大享受。

ALOHA!
珍珠港的沉船
教世人永远记住:
偷袭
乃是最不英雄,最不武士道的行为。
多么可耻!

ALOHA!
至于那些火山,咖啡色的,煤灰色的,
尖尖的,奇形怪状的,
有的已死了,有的还活着,

又有的听说死而复活了的,
我一点儿都不害怕。

ALOHA!
如果有某大学请我做他们的
驻校诗人,也许
我就留下来不走了。
ALOHA!

2003 年

**后记**:1989 年 6 月,全家赴夏威夷度假,玩得很高兴,印象深刻,至今难忘。 2003 年 12 月,作"咏叹调"一首以纪念之。

## 主啊生小猫吧

主啊,生小猫吧!
主啊,生小猫吧!

每一只猫
都是九个和尚的灵魂
合而为一投的胎,
人们说。

至于爱猫的我,
究竟是多少个诗人投的胎?
我不知道。

想当然,不止九个。
从屈原、曹植
和喝醉了的陶潜开始,
几十个? 几百个? 几千个?
你们去数吧!

主啊,生诗人吧!
主啊,生诗人吧!

2004 年

**后记**：俄国诗人叶赛宁，在一首忘了题目的诗中有这样一句："主啊，生小牛吧！"他爱牛，而我是爱猫的，所以我就"抄袭"了他的句法。谁要是骂我一声"文抄公"，那我也没话可说了。

## 年老的大象

年老的大象,
无论走了多远,
一旦病重,自知活不久了,
就会马上回头,
回到它小时候喝水的地方,
躺下来,静静地死去。

至于我,我不也是一个
怀乡病的患者吗?

我在地球上散步,
从一个洲到一个洲,
从一个国到一个国,
从一个城到一个城,
看山,看水,看花,看树,
看那些动物,看那些女子,
到如今,已经没有什么好玩的了,
就很想回到扬州,

去看看瘦西湖的风景。

2004 年

## 从小提琴到大提琴


小提琴上
快速跳跃的音符们
远了。

钢琴、竖琴、琵琶
和箜篌二十三弦上的十指
也不再了。

没有手风琴,
没有长笛,
没有二胡,
没有箫,
没有浏亮的小喇叭,
亦不闻咚咚的鼓声。

没有休止符号,
没有大谱表,
亦无主题之重复与变奏。

没有独唱,
没有合唱,
当然也就没有掌声,

没有喝彩,
也没有喝倒采的了。

到如今,只剩下
大提琴上徐徐擦过之一弓,
倾听! 倾听! 倾听!
竟是那样的苍凉啊! ……

2004 年

## 关于飞

我从小就想飞,我从小就想飞,
有一回,我还曾当众表演过
一种飞不起来的飞怪滑稽的,
这都有诗为证。

除了驼鸟和企鹅
虽有翅膀却不想飞,
其他动物、植物、矿物和人造物,
例如寒山寺、黄鹤楼、金门大桥等等
都想飞。

我知道,自古以来,
蒙娜丽莎就想飞,
罗米欧与朱丽叶也想飞,
老李想飞,
老陶想飞,
芭蕉的"古池",
桑得堡的"雾",
和悲多芬的"月光曲"……
都没有不想飞的。

这个也想飞,那个也想飞,

就连我的朋友朱宝雍的陶艺作品
"想飞的金字塔"
也很想飞,也很想飞。

2004 年

## 假牙及其他

James Lu 的假牙
掉入他早餐的咖啡杯中,
是因为星期三
股票涨停板之故。

William Marr 的假发
被一阵狂风吹走,
他就索性光着头
上火车回家去了。

Linda Wang 的义肢跌断,
只怪她自己不小心。
可是 George Yep 的腹痛,
却是假装给他太太看的。

复制羊桃莉的夭折
很令人伤心。 东乡青儿呀:
即以它为题材,给我再画几幅
"超现实派的散步"好不好?

2004 年

**后记**：一、James Lu 是我大儿路学舒的英文名，William Marr 是我好友诗人非马的英文名，我拿他们两个开开玩笑没关系。其实戴假发的另有其人，也是我的好友之一。究竟是谁？你们猜吧！二、Linda Wand 和 George Yep 这两个人都是我假造出来的。三、东乡青儿是二十世纪三十年代日本名画家之一，我很喜欢他。（四）从"假牙"到"假发"、"义肢"，这叫做"主题之重复"；而"腹痛"和"夭折"，这叫做"变奏复变奏"。诗人张默在论及纪弦之诗艺时，说他"时呈飞跃之姿"，这便是了。

## 记一位诗人

从山中步出
捡到了一枚蝉蜕
却未闻蝉鸣

入山复出山
本来就不为什么
这才是诗人

2004 年

**后记**：一、日本俳句乃世界上最短的诗形，以五七五十七个"假名"分三行组成，较之中国五绝为更短。 美国人写俳句，以十七个 Syllable 为准则。 当然，我是使用十七个汉字的。 但是这种定型诗，我并不常写，偶一为之而已。 二、日本俳句作者甚多，其中尤以写"古池"的松尾芭蕉（1644—1694）为我所最欣赏。 三、至于我所"记"的"一位诗人"究竟是谁，圈子里的朋友们想必不会不知道吧。

## 红茶赞美

从祁门到 Lipton,
从神州到新大陆,
从小到老,我的早餐,
总少不了一杯红茶。

红茶使我身体健康。
红茶使我心情愉快。
红茶使我诗思如潮。
啊啊,红茶万岁!

我爱祁门,
我也爱 Lipton,
我给他们两个打的分数,
谁也不比谁高。 但是

如果有人泡了两杯红茶,
放在我的面前,说只许
喝一杯,那我就只好
舍 Lipton 而取祁门了。

为什么?
因为我是中国人啊。

2004 年

## 老伴颂

守着老伴守着她
守着老伴守着她

她管我就像管小孩子一样
她喂我就像喂一条狗似的
人家说少年夫妻老来伴
是的你叫我怎能没有她

守着老伴守着她
守着老伴守着她

有时两个人吵架很不高兴
只要我让她一步就没事啦
如今她老是老了一点儿
在我的眼中还像一朵花

2004 年

## 时间的相对论

夜半起来小个便，心想：
太平洋的那边，此时此刻，
已是明日下午六点多了吧？
而在风中、浪中、画中，
那些捕鳗的船亦当归来了吧？
放些葱花姜片烹煮的鳗鱼汤，
我最爱吃，最下酒的，
岂非天下第一美味乎？
啊啊扬州、镇江、大港、安平、
江南、江北、我梦中的故乡：
不知要到何年何月何日
才能让我再回到你的怀抱里去
大笑三声，痛哭一场？……

2004 年

**后记**：一、在美国，我还能吃到来自台湾荣获金牌奖的"同荣特制红烧鳗"，也算是很有口福了。而自现在的罐头红烧鳗，想到从前的新鲜鳗鱼汤，这不也是一件很自然的事情吗？二、此诗原题为"午夜乡愁"，现在修改完成，换了一个题目，觉得这样好些。三、是的，我是扬州人。但年少时，经常往来大江南北，而又仆仆风尘京沪线上，对于镇江、大港、安平一带，亦颇感亲切，所以我就把故乡的范围扩大，而不止扬州一城了。

## 向上帝提出抗议

作为一个虔诚的基督徒,
我怎么可以说出这句话?
但我终于说了,

我其实并非任何异教之同路人,
这一点,全世界以及其他星球上的人类
都知道。

但我不得不向上帝提出抗议,
无论他生气不生气。

唉唉上帝,我所崇拜的上帝:
你既然创造了一个像我这样的诗人
一个你所特别宠爱的诗人,
怎么又教一个女人来管我?

她每天只许我喝一小杯,
多么的不过瘾!

2004 年

## 又见潘佳

又见潘佳,又见潘佳,
好一个中国女孩,
姓潘,名佳。

"爷爷早,"潘佳说:
"今天不卖邮票。"
"是吗? 那我就……"
"哈哈! 骗你的。"
多么的调皮而又可爱啊,
这个不姓路的孙女。

于是步出邮局,
迎面来了一对罗米欧与朱丽叶,
他们向我道了早安,
我则报以微笑,并给以祝福。

是的,我是个祝福者。
我祝福潘佳。
我祝福罗米欧与朱丽叶。
我祝福全世界全人类,
除了杀人如麻的希特勒,

罪大恶极的日本军阀,
以及二十一世纪的好战者。

2004 年

## 寄诗人胡品清

你窗外的那棵早樱,
如今怎么样了?
她是不大喜欢热闹的,
和你一样,我知道。

至于山上的那些杜鹃,
红的,白的,紫的,
向全世界说 Welcome 的,
我也时常梦见。

而总之,来不及看早樱,
听听杜鹃的大合唱也是好的,
当我忽然从天而降,
二千零五年春。

2004 年

## 致诗人吴奔星

人家奔月你奔星,
请问你奔的是哪一颗星?

想当然,一定不会是咱们太阳系里
那些不发光的行星与卫星,
而是银河系中之大明星:
天狼、织女或北极星;
还有猎户的腰带,你也不会不喜欢。

然后,你就前往宇宙深处,
去赴诗神之邀宴。

在那四度空间至极华美
不可思议的旋转厅中,
李白、杜甫、朱淑贞、李清照、
徐迟、戴望舒、杨唤、覃子豪、
普希金、叶赛宁、玛雅柯夫斯基、
波特莱尔、高克多、阿保里奈尔、
惠特曼、桑得堡、T. S. 艾略特、
里尔克、泰戈尔、芭蕉、草野心平……

他们大家都在举杯欢迎，
说来吧吴奔星。

2004 年

**后记**：一、收到吴心海教授从南京寄来的航空信，惊悉他的父亲我的老友诗人吴奔星走了，我心里很难过。 二十世纪三十年代，大家一同写诗的朋友，到如今，除了我和番草（钟鼎文当年的笔名），只剩下不到三个了。 二、1936 年 6 月，我自日本归国，7 月去北京，接了母亲和弟妹南来，然后全家迁居苏州，从此以后，我的十分重要的"扬州时代"遂告结束。 而在北京停留期间，和初次见面的吴奔星、李章伯二位诗人在一起玩得很高兴。 那时候，他们合编的《小雅诗刊》已出了第一期。 而在苏州，我和韩北屏合编的《菜花诗刊》，9 月里出第 1 期。 后改名为《诗志》，于 11 月出第 1 期，1937 年 1 月出第 2 期，3 月出第 3 期，以后就不出了。 《诗志》和《小雅》都是双月刊。 而戴望舒在上海主编的《新诗月刊》，1936 年 10 月出创刊号，直到 1937 年 7 月方告停刊。 《小雅》何时停刊，我已不记得了。 而总之，正是由于这三大诗刊的先后出现，互相合作，表现良好，我认为，1936、1937 这两年，可说是中国新诗的收获季：诗坛上新人辈出，佳作如林，呈一种五四以来前所未之有的"景气"。 当然，吴奔星、戴望舒、路易士（我当年使用的笔名）这三位诗人，真的是功不可没的。 三、《菜花诗刊》和《诗志》，每一期都有吴奔星的作品,发表于《诗志》创刊号的《七夕吟》和《诗志》第三期的《梦后》这两首,我最欣赏。而发表在《新诗》和《小雅》上的其他名篇与金句,因我手头已无存书,就无法一一举例了。至于吴奔星的诗风,采取象征派与意象派的表现手法,大体上也和戴望舒、路易士等"现代派诗人群"的抒情诗颇为相近。而且,大家写的都是"自由诗"而非"格律诗",这一点,我特别重视,因为我们都是写"新诗"而非写"旧诗"的诗人,硬是不许"押韵"!好啦,到此为止,我不再说什么了。愿我的老友,在天上,听见我的声音,笑个微笑。

## 木星上的女人

木星上的女人
用无线电和我谈恋爱。
她说她最喜欢裸奔、裸泳、裸舞、裸睡
——多么的前卫啊!

她说她不是不可以来地球做我的补房,
如果有一天我的老婆走了的话。
她说她真的很爱我,
除了纪弦,不嫁第二个人。

但她是那么高大,巴黎铁塔似的,
而我却相对地渺小得如侏儒了。
她只要用两个手指头把我轻轻地一捏,
那我不就粉身碎骨了吗?

2004 年

## 而今而后

让工厂的煤烟
把月亮熏黑了那才美的
美学,李白是不懂的。

而当火车狂吼着驰过去
乃造成我种了许多玫瑰的后院
一种轻微的地震,这也是
悠然见南山的诗人
之所无法想象的。

于是到了三千年后,
我的那些玄孙的玄孙的玄孙
的玄孙的玄孙……
当他所驾驶的超光速宇宙船
自仙女座大星云旅游归来,
一定会说:

居然要花上十六个小时,
咱们的老祖宗回国探亲,
所乘坐的古董飞机多慢啊!

2004 年

## 致天狼星

天狼星啊：
你多明亮，你多美！
我从小就把你
列入我的朋友名单之中了。
每夜每夜，良久良久，
我用我的袖珍望远镜看你，
向你问好，道晚安，
你知不知道呀？

天狼星啊：
你多明亮，你多美！
你是天上之狼，
而我乃地上之狼。
我写了一首《狼之独步》，
因我有一只狼一般瘦瘦长长的腿。
我想：咱们两个，
岂非上帝所创造的
一对双胞胎乎？

天狼星啊：
你多明亮，你多美！
你的伴星绕着你的主星转，

也像我的女人不离开我身边。
也许会有一天,
上帝把你的伴星分裂为数颗行星,
也像我们的太阳系一样,
那多好! 不过,我想:
在那些行星之中,
如果有一颗也有水有生命有人类的话,
但愿他们只知道爱与和平,
而不晓得什么叫做战争与仇恨。

2004 年

**后记**:一、此诗完成于 2004 年 12 月 27 日,是我在这一年之中所写最后几首中之一首,而且也是我生平所写宇宙诗中十分得意的一首。 二、大多数的恒星都是孤孤单单的寡人一个,而只有极少数是像天狼一样的两夫妻:伴星绕着主星转。 但这和距离甚近的两颗恒星被称为"双星"的大不同。

## 关于推敲

他推也好,他敲也好,
而总之,那是个"月下门"。
如果一推就进去了,
小沙弥想必还没睡;
如果敲了半天才有人来开,
和尚也许会生气的。

请问师父您到哪儿去了?
这么晚才回来!

他喝了酒,吃了肉,在城里;
甚至于还……还怎么啦?
"池边树"上的小鸟说:
还有一些余兴节目,
有贾岛和韩愈陪着他。

2005 年

后记:一、贾岛骑在驴背上,一面吟诗,一面作推敲状,那最初的两句是:"鸟宿池边树,僧敲月下门。"
二、此诗初稿于 2004 年 12 月底,痖弦看了,认为第三节十分不妥。他说的对,我谢了他。我改了又改,终于改成这个样子。我就再寄给他去过目。他点了头,说很好。此之谓"得失寸心知"。

## 狼之长嗥

我独来独往了一辈子,
就凭着这两条狼一般瘦瘦长长的腿。
而你们那些短短的肥肥的,
怎么能够和我相比?

我其实并没有和谁赛跑的意思。

只不过行在这
既渺小又荒凉的第三号行星上,
除了朝着天狼!
我那天上的双胞胎弟兄
长嗥数声,
就再也没有什么好玩的了。

2005 年

后记:我的那首名作《狼之独步》,1964 年作于台北,朋友们看了都很喜欢。四十年后的今天,我居然又完成了这首新作,可算是《狼之独步》的姐妹篇。

## 我的诗

我的诗
好比巴黎香水,
那绝非波特莱尔的狗
之所能欣赏的。

但有二三知音,
如痖弦和吴庆学,
在此世,我活着,
也可说不太寂寞了。

2005 年

## 雨夜狂想曲

淅沥淅沥雨淅沥
淅沥淅沥雨淅沥
来自加拿大的王庆麟说：
做梦之必要！ 睡眠之必要！
来自台中市的吴庆学说：
纪弦的梦最美，很是令人陶醉。

淅沥淅沥雨淅沥
淅沥淅沥雨淅沥
于是到了二零一三年，我满一百岁。
我已成为文学史上第一个人瑞作家，
怎么可以不呢？
来他一个空前盛大的生日派对。
看哪！ 在我那乡间别墅，
悬挂着有莫洛夫的中国书法、
爱德华，孟克的《叫》、
达·文西的《莫娜里莎》
及其他世界名画的大客厅里，
游泳池畔，玫瑰园中，
凡被邀请的贵宾都到了，
数数看，正好是一百位。

喝了点儿加州红酒,
女士们很想跳舞。
可是这里的男生太少,怎么办?
我就电传台北,租了一架包机,
把那些诗人接过来,由张默领队,
辛郁、商禽、管管、向明、萧萧、杨平、
周梦蝶、林亨泰……都到了;
而只有陈义芝忙于编务不能来。
我又花了大把银子,
请了一个著名的黑人乐队来伴奏,
于是热闹起来了。

旱鸭子张拓芜虽然不会游泳,
但是交际舞却跳得满好,
尤其擅长狐步与三拍子的华尔兹,
他陪着美国女诗人罗斯美丽
跳了一曲《蓝色多瑙河》,
真的是棒极了。
而楚戈,一个箭步上了台,
朗诵了我的《狼之独步》
及其他几首杰作,
模仿我的声调与姿态,
虽然有点儿滑稽,
却是惟妙惟肖的。
他们两个表演完毕,
都博得满场一致的掌声与喝彩。

朋友们要我讲几句话。 我就说：
是的，从逻辑到秩序，这便是诗的进化。
但是为秩序而秩序，完全置逻辑于不顾，
这么一来，就没有诗情、诗意、诗境，
而也没有诗味了。
把联想切断吧，他们说。
可是断了线的风筝，就再也不归来了，
断了线的电话，就再也听不见了。

听不见了吗？
听哪！ 窗外，雨淅沥。
于是开了香槟，切了蛋糕，唱生日歌，
真的是很好玩，很过瘾，很是令人陶醉。
名记者蓝功中用他的录音机
把我的那些高论录了下去，
说明天见报，发头条；
预定的大标题是：
　　人瑞作家第一位
　　纪弦万岁诗万岁

2005 年

## 关于位置

把一个十分重要的动词
放在一首诗的
最适当的位置上
使成为一件艺术品
是万分辛苦的。

而这也像戴望舒
把他的嘴唇
放在一个女人的
最适当的位置上
是非常的过瘾。

然则有谁会把我同戴望舒
放在中国文学史上
一个最适当的位置上呢?
他一向不关心,
而我也毫不在乎。

2005 年

## 很想做一只猫

如果你问我！
什么是你这一生最最得意的一件事？

那便是：
我终于获得诺贝尔奖提名通过
并且发了一笔小财
在那梦中。

如果你问我：
什么是你这一生最最后悔的一件事？

那便是：
唉唉！……不说了。
如果你一定要我说
什么是我对于来生所抱的希望，
则我的回答是：

很想做一只猫。

2005 年

# 纪弦生平与创作年表

1913　4月27日中午十二时,生于河北省清苑县,祖籍陕西秦县,小时候住北平。身份证上的籍贯写作上海市。本名路逾,字越公,系汉代大儒路温舒之后。父亲路孝忱,为"同盟会"会员。

1920—1921　离北平,去武汉。

1922　在上海过九岁生日。

1923　因父亲追随孙中山从事革命,随父去广州、香港,再回上海。

1924　移居扬州,深爱瘦西湖,因而视扬州如故乡。入第五师范附属小学(后改名为扬州中学实验小学)。音乐老师储三籁对其产生重要影响。

1928　1月,毕业于扬州中学实验小学,考上县立初中。不到一年,换到震旦大学扬州附中学习法文。中学期间大量阅读了中国古典文学及世界文学名著、爱因斯坦相对论以及天文学等著作。

1929　春,开始写诗及学画,完成第一首诗《初恋》。
秋天考取武昌美术专科学校。

1930　1月23日,与胡明在扬州结婚,婚后转学至苏州美术专科学校,就读绘画系西洋画组。

1931　7月,从苏州美专毕业后,和朋友在南京举办画展,大获成功。
同年12月,自费出版《易士诗集》,用笔名"路易士"。
长子路学舒出生。

1932　父路孝忱因心脏病并发脑溢血病逝。

1933　次子路学徇出生。
7月,与内兄胡传钰(胡金人)、同学王家绳组"磨风艺社"。

1934　开始投稿，诗作《给音乐家》发表于上海《现代》第5卷第1期，结识主编戴杜衡。

7月，三子路学濂出生。

8月，举办磨风艺社第二次画展，失败，此后再未办画展。

9月，就任江苏省立大港乡村教育实验区干事。不久，因疟疾辞去教职。

12月，赴上海，独资创办诗刊《火山》，仅出两期即告停刊。

1935　结识从法国回来的戴望舒。

《现代》停刊后，与杜衡合办《今代文艺》。该刊停办后，与杜衡组"星火文艺社"，并结合镇江、扬州一带文艺青年，成立"星火文艺社镇扬分社"。

12月，诗集《行过之生命》由上海未名书屋出版。

年内，南京、武汉两家报纸副刊刊出"路易士专号"。

1936　4月，赴日本，与覃子豪、李华飞相识。

6月，因病归国。

在扬州写了《傍晚的家》，其中有"数完了天上的归鸦，／孩子们的眼睛遂寂寞了"二句，深受朋友激赏。

9月，与常白、韩北屏、沈洛合作，创办《菜花诗刊》，缘自菜花为四瓣，属十字花科，用以象征"镇扬四贤"（纪弦、韩北屏、常白、沈洛），后被文友认为太过闺秀气，出版一期后更名为《诗志》。

10月，和徐迟各出五十元，戴望舒出一百元，于上海组成"新诗社"，创《新诗》月刊。其时，已搬家到苏州。

1937　寒假后，就任上海闸北安徽中学美术教员。

7月，诗集《火灾的城》由上海诗人社出版。

8月，八一三淞沪抗战爆发，安徽中学与承印《新诗》之印刷厂皆毁于战火，《新诗》停刊，文友星散，文坛活动告一段落。去武汉。《在地球上散步》《恋人之目》《奇迹》等诗作写于这一年。

1938　一家人从武汉经长沙到贵阳。居数月，又赴昆明。不久经河内、海防到香港，与杜衡、戴望舒、徐迟等友人重逢。

1939　1月，只身返回上海，整理旧作，年内出了三本诗集。
4月，诗集《爱云的奇人》由上海诗人社出版。
10月，诗集《烦哀的日子》由上海诗人社出版。
12月，诗集《不朽的肖像》由上海诗人社出版。

1940　只身赴香港，编报纸副刊。后入"国际通讯社"，作为社外特约译员，从事日文翻译工作。

1941　年内创办小型日语学校，12月，珍珠港事变爆发，香港沦陷。

1942　夏，全家返回上海，生活困苦，靠亲友接济。

1943　4月，在苏北泰县寂寞地度过三十岁生日。

1944　3月，独资创办诗刊《诗领土》（1944年3月—12月），共出五期。
5月，诗集《出发》由上海太平书局出版。
8月，四子路学山出生。
9月，与杨桦、南星合编的《文艺世纪》创刊号出版。

1945　2月，诗集《夏天》由上海诗领土社出版。
4月，诗集《三十前集》由上海诗领土社出版。
8月，抗战胜利，给各大报刊写稿，开始使用笔名"纪弦"。

1946　春，担任一家航运公司的事务长，押运大批货物，溯江而上，到汉口停留多日，拉不到一笔回上海的生意。
秋，辞去航运公司职务，进入陶百川主持之大东书局，担任编译。

1947　与黄特（即黄绍祖）主编《中坚》半月刊。经友人介绍，任明星香水公司秘书，因不长于商业宣传文字，遂自动辞职。暑假后，被圣芳济中学聘为文史教员，生活遂安定下来。

1948　10月10日，独资创办的诗刊《异端》之出发号问世。11月1日，出第2期。
11月，与杜衡一家离沪抵台，被创办《文坛》的穆中南接至桃园农校暂住。

12月，担任《平言日报》"热风"副刊编辑。

1949　3月3日，长女路珊珊出生。

暑假，《平言日报》停刊。

五月，开始执教于台北成功中学，阐释儒家伦理的相对论，受到学生爱戴。得意弟子有罗行、黄荷生、杨允达、金耀基与薛柏谷等，号称"路门五杰"。

1951　4月，诗集《在飞扬的时代》由台北宝岛文艺出版社出版。

11月，与钟鼎文、葛贤宁假《自立晚报》副刊版面创"新诗"周刊，为战后台湾第一个新诗刊物，纪弦担任第1－216期主编。

1952　5月，诗集《三十前集》重新编排分为甲、乙二册，上册《纪弦诗甲集》由台北暴风雨社出版。

7月，诗集《纪弦诗乙集》由台北暴风雨社出版。

8月，主编潘垒所主持的"暴风雨社"《诗志》，为台湾第一份以杂志形式出现的诗刊，出刊一期后停刊。

以短诗《乡愁》获第三届五四奖短诗第二奖。

年内完成抽烟斗的油画自画像。

1953　1月，诗作《祖国万岁诗万岁》于《文艺列车》第1卷第1期发表。

2月，独资创办的《现代诗》季刊创刊号出版，主要作者有李莎、方思、叶泥、羊令野、林亨泰、林泠、郑愁予、辛郁、商禽、罗英、朱沉冬、梅新、痖弦、沙牧、蓉子、罗门、胡品清等。

1954　3月，完成《祭诗人杨唤文》，祭奠因车祸过世的诗人杨唤。

春，应《民友报》创办人林一新邀请，担任该报总编辑，19期后该报停刊。

5月，诗集《摘星的少年》由台北现代诗社出版。

7月，诗论集《纪弦诗论》由台北现代诗社出版。

9月，与覃子豪、李莎、方思、叶泥、归人、力群等人组成编辑委员会，编辑杨唤诗集《风景》，由现代诗社出版。

1955　当选文艺协会第五届监事，后连任监事至第十届。

1956　1月13日，组成"现代派"，提倡"新现代主义"，发动"新诗的再革命"运动。

2月，发表《现代派信条释义》于《现代诗》第13期，发布现代派的"六大信条"。

5月，诗集《无人岛》由台北现代诗社出版。

10月，诗论集《新诗论集》由高雄大业书店出版。

1957　5月，与覃子豪、钟鼎文、钟雷、上官予、左曙萍等人成立"中国诗人联谊会"（简称"诗联"，后更名为"中国新诗学会"）。

6月，发表《诗坛的团结和我们的立场》于《现代诗》第18期。

8月，发表回应覃子豪《新诗向何处去》之文章《从现代主义到新现代主义——对覃子豪先生〈新诗向何处去〉一文之答复（一）》于《现代诗》第19期，揭开战后台湾第一场现代诗论战。12月发表《对于所谓六原则之批判——对覃子豪先生〈新诗向何处去〉一文之答复（二）》于《现代诗》第20期。

1958　3月，发表回复覃子豪《关于新现代诗主义》的《两个事实》与回复黄用《从现代主义到新现代主义》的《多余的困惑与其他》于《现代诗》第21期。

6月，发表回复覃子豪文章《六点答复》于《笔汇》第24号。

12月，发表回复余光中文章之《一个陈腐的问题》于《现代诗》第22期。

1959　与覃子豪共同担任"中国文艺协会"第九届诗歌创作研究委员会副主任委员，隔年续任。

6月，发表《现代诗的偏差》《现代主义之全貌》于《现代诗》第24—26期合刊。

8月，发表《现代诗的评价》于《幼狮月刊》第12卷第2期。

11月，发表诗论《"朗诵诗"之正名及其他》于《现代诗》第27—32期合刊。

5月，于诗人节结识韩国诗人许世旭，燃起对韩国之兴趣。

6月，发表《现代诗之精神》于《幼狮月刊》第11卷第5—6期。

8月，发表《从自由诗的现代化到现代诗的古典化》于《现代诗》第35期。

11月，发表诗论《关于古典化运动之展开》于《现代诗》第36期。

12月，为许世旭主办之"韩国晚会"完成诗作《为韩国而歌》。

1962　2月，于《现代诗》春季号宣布解散"现代派"。

1963　4月，诗集《摘星的少年》由台北现代诗社重新出版。

5月1日，应邀担任"菲华文教研习会"文艺写作组新诗讲座讲师。

10月，《饮者诗钞》由台北现代诗社出版，为《现代诗》"饮者"专栏结集。

11月，覃子豪因肝癌过世，作诗《休止符号》追念。

发表《祭诗人覃子豪文》于《创世纪》第19期。

1964　8月，发表诗作《杨唤逝世十周年祭》与《论移植之花》于《现代诗》第45期。

秋，代表作《狼之独步》完成。

1965　11月，《纪弦诗选》由台中光启出版社出版。

1966　写出诗作《过程》，可视为《狼之独步》的姊妹篇。

1967　3月，发表诗作《过程》于《南北笛》创刊号。

5月，散文集《小园小品》由台北台湾"商务印书馆"出版。

6月，纪弦自选诗集之三《槟榔树甲集》由台北现代诗社

|      | 出版。 |
|---|---|
|      | 8月，纪弦自选诗集之四《槟榔树乙集》由台北现代诗社出版。 |
|      | 10月，纪弦自选诗集之五《槟榔树丙集》由台北现代诗社出版。 |
| 1969 | 4月，纪弦自选诗集之六《槟榔树丁集》由台北现代诗社出版。 |
|      | 5月，散文集《终南山下》由台北台湾"商务印书馆"出版。 |
|      | 暑假，应痖弦与季薇之请，担任于铭传商专举行之文艺营诗组与散文组讲座讲师。 |
|      | 8月，以副团长身份与团长钟鼎文率团前往菲律宾马尼拉，出席第一届"世界诗人大会"，被选为"中国杰出诗人"，由菲律宾总统马科斯颁授金牌。 |
|      | 10月，获选担任"第二届世界诗人大会"筹备会副主委。 |
| 1970 | 1月，诗论集《纪弦论现代诗》由台中蓝灯出版社出版。 |
|      | 3月14日，担任"中国新诗学会"常务理事兼会籍组组长，策划举办"中国新诗学会"春季朗诵大会活动，6月续举办"中国新诗学会"夏季朗诵大会。 |
| 1971 | 7月，自印诗集《五八诗草》。 |
| 1973 | 4月，罗行、羊令野等人举办酒会为纪弦庆祝六十大寿。 |
|      | 11月，担任筹备会副主委的"第二届世界诗人大会"于台北中山堂召开，并于会中结识美国女诗人玛莉·纳恩(Dr. Marie L. Nunn)与魏金荪(Dr. Rosemary C. Wilkinson)。 |
|      | 于"第二届世界诗人大会"期间与吴望尧（巴雷）等人成立"中国现代诗奖基金会"，由张默负责，纪弦、余光中、林亨泰、洛夫、羊令野、白萩、罗门、商禽、蓉子、辛郁、张默共十二人担任评审委员。 |
|      | 12月，受邀担任"中国现代诗奖"评审委员。 |
| 1974 | 2月，因脑血管循环不良与高血压自成功高中退休。 |
|      | 寒假，获聘为海专正式讲师。 |

6月23日，获第一届"中国现代诗奖"特别奖，诗作《水晶瓶》《窗》《一片槐树叶》《存在主义》《春之舞》《跟你们一样》《未济之一》《零件》《狼之独步》《过程》《致阿保里奈尔》与得奖感言《四十五年如一日》收录于由现代诗奖委员会出版的"第一届中国现代诗奖"纪念诗辑《飞跃与超越》。

6月，纪弦自选诗集之七《槟榔树戊集》由台北现代诗社出版。

8月，获邀出席由"中国文艺协会南部分会""中国青年写作协会高雄分会""山水诗社"等单位联合举办的个人朗诵会"槟榔树之夜"，并于现场朗诵二十八首诗作。

9月，散文集《园丁之歌》由台北华欣文化事业中心出版。

1975　10月，母亲因心脏衰竭过世。

1976　3月，发表《现代派廿周年之感言》于《创世纪》第43期。

12月28日，移民美国加州圣马太奥(San Mateo)，住三子路学濂处。

1977　3月，迁居旧金山，住在租来的公寓房内。

10月29日，迁往女儿女婿买下的新居。

7月，当选由"创世纪"成员推举选出的"中国当代十大诗人"，《脱袜吟》等十九首诗入选张默、张汉良、辛郁、菩提、管管等编选的"《中国当代十大诗人选集》"，该书由台北源成文化图书供应社出版。

10月，痖弦夫妇途经旧金山，与纪弦会晤聚餐。

1978　1月8日，第一次返台，为四子路学山筹备婚事。

12月，诗集《纪弦自选集》由台北黎明文化公司出版。

1981　7月，参加第五届"世界诗人大会"，获世界艺术文化学院(World Academy of Arts and Culture)赠予荣誉文学博士学位。

1983　5月，考入旧金山市立大学，修习ESL(English as a second

Language）课程。

1984　应美国女诗人魏金荪（Rosemary C. Wilkinson）之邀，前往其住宅所在之 Burlingame（旧金山湾区卫星城镇之一）一游，因有所感而写下《小城初履》。

1985　5月，赴美观光的小说家隐地拜访纪弦。纪弦将1974—1984十一年中的诗作编成一部《晚景》，托隐地带回，交由尔雅出版社出版。

11月，完成英文诗处女作"Foggy San Francisco"（《多雾的旧金山》）。

1986　2月，《初到台湾：纪弦回忆录片段之一》发表于《联合文学》第2卷第4期。

8月，与琦君、王蓝、庄因受邀担任夏祖焯主持之"华美经济及科技发展协会"主讲，讲题为"现代诗在台湾"。

加入"世界诗社"（World Poetry Society），开始陆续于期刊 Poet 发表诗作。

1988　与李芳兰等人创办"北美中华新文艺学会"，并任监事长。

1993　3月5日，洛夫夫妇、梅新、张默、管管、向明夫妇赴美为纪弦庆祝八十大寿。

28日，由诗人陈大哲发起，旧金山文艺界人士于"金宝酒家"为纪弦庆生，共五十多人出席。

3月，蓝棣之编《纪弦诗选》由中国友谊出版公司出版。

8月，诗集《半岛之歌》由台北现代诗社出版。

1994　3月，担任美国华文文艺界协会第一届会长。

1995　5月，莫文征选编《纪弦精品》由人民文学出版社出版。

1996　5月4日，主办朗诵会，邀请华裔在美诗人秀陶、陈铭华、陈雪丹、刘荒田等登台朗诵。

30日，应梅新之邀，第二次返台。

31日，颁发"现代诗社"1995年度诗选奖予汪启疆。

6月2日，出席"百年来中国文学学术研讨会"，担任研讨会其中一场之主持人。

6日，返美。

8月，《第十诗集》由台北九歌出版社出版。

12月，散文集《千金之旅——纪弦半岛文存》由台北文史哲出版社出版。

获颁"中国诗歌艺术学会"第一届诗歌艺术贡献奖。

1999　10月，与妻胡明结褵将满七十年之际，创作诗作《月岩婚进行曲》，发明"月岩婚"一词。

2000　1月23日，与妻结褵七十周年，《联合报》以"纪弦庆月岩婚，邀台湾诗友聚首"为题发文庆贺。

5月，发表《月岩婚记》于《香港文学》第186期。

6月1日，韩国诗人许世旭赴美拜访纪弦，为纪弦写下诗作《八月廿四日》。

2001　12月，《纪弦回忆录》由台北联合文学出版社出版。

诗集《宇宙诗钞》，由台北书林出版公司出版。

2002　8月，诗集《纪弦诗拔萃》由台北九歌出版社出版。

2003　6月，张默编《现代百家诗选·新编》，由台北尔雅出版社出版。收录纪弦诗作《火葬》《狼之独步》《勋章》《过程》。

10月，余光中主编《中华现代文学大系（贰）·诗卷》第一册由台北九歌出版社出版，收录纪弦诗作《动词的相对论》《记一个演员》《月光曲》《在异邦》。

2005　6月6日，在《联合报》副刊发表诗作《致天狼星》。

10月15日上午，因中风急送医院。住院一个月期间，子孙辈全体上阵，全天二十四小时轮流陪护，值班表订明两小时一换班，但往往下一班人来了，上一班人迟迟不肯离开，形成这家医院里一道温馨的风景。

2008　6月，诗集《年方九十》由台北文史哲出版社出版。

9月，再度中风，后得友人赠药，调治后情况好转。

丁旭辉编《纪弦集》由台南台湾文学馆出版。

2010　9月17日，完成诗作《火星石婚》，以纪念与妻结褵将满八十年。

2011　1月9日,妻子胡明去世,享年九十九岁。

3月,须文蔚编选《台湾现当代研究资料汇编·纪弦》由台南台湾文学馆出版。

2013　7月22日,逝世于加州,享年一百零一岁。

2015　4月15日,"诗人纪弦先生文物文献捐赠仪式"在中国现代文学馆举行。纪弦子女将纪弦生前所藏近千册图书、一百七十多件信札、手稿及书房陈设等多件一并捐献给中国现代文学馆,其中包括《纪弦回忆录》整套手稿。

4月21日,纪弦亭暨纪弦纪念碑在西安市周至县终南镇仙游寺揭幕。中国现代文学馆副馆长周明、台湾中华于右任研究会会长赖燦贤及纪弦亲属等近百人出席仪式。

2018　10月,《纪弦诗选集》由江苏凤凰文艺出版社出版。

(路学恂、马铃薯兄弟整理)

## 参考资料:

纪弦:《晚景》,尔雅出版社,1985年5月。

蓝棣之主编:《纪弦诗选》,中国友谊出版公司,1993年3月。

纪弦:《纪弦精品》,人民文学出版社,1995年5月。

纪弦:《纪弦回忆录》,台北:联合文学出版社,2001年12月。

纪弦:《纪弦诗拔萃》,九歌出版社有限公司,2002年8月10日。

纪弦:《纪弦集》,台湾文学馆,2008年12月。

黄崖婷编:《纪弦生平系年》,文讯杂志社,《狼之独步:纪弦追思纪念会暨文学展特刊》,2013年9月21日。